W0386721

Charles
VERLAG

www.charlesverlag.de

Meddi Müller

Frankfurt muss brennen

Der fünfte Fall des Türmers

Ein historischer
Frankfurt-Krimi

Charles
VERLAG

Impressum:
Charles-Verlag Frankfurt am Main, Mathias Müller & Marcel Dax Gbr. www.meddimueller.com
Druck: booksfactory
Lektorat: Nicole Beisel
Umschlaggestaltung: Marcel Dax

ISBN 978-3-940387-75-2

2. Auflage 2015

Bibliographische Information der Deutschen Nationalbibliothek
Die Deutsche Nationalbibliothek verzeichnet diese Publikation in der Deutschen Nationalbibliographie; detaillierte bibliographische Daten sind im Internet unter http://dnb.dbb.de abrufbar

Der Autor

Meddi Müller ist weltweit der einzige Berufsfeuerwehrmann, der historische Frankfurt-Romane schreibt. Dieses Buch ist bereits der fünfte Fall des zum Kult gewordenen Türmers.

Meddi Müller, 1970 in Frankfurt am Main geboren, lebt im eher ländlichen Norden der Stadt. Weitere Bücher und Kurzgeschichten, sowie einen eigenen Blog und weitere Informationen finden Sie auf www.meddimueller.com oder www.charlesverlag.de.

Der Autor liest gemeinsam mit Musikern zu vielfältigen Anlässen. Lesungen können über die Webseite gebucht werden.

Für Karlheinz

Inferno in Eschersheim

»Feuer!«

Albrecht Reimann schreckte auf seinem Bett hoch. Seine Haare standen in sämtliche Himmelsrichtungen ab. Neben ihm lag seine Frau Gisela und schlief tief und fest. Hatte er den Ruf nach Feuer nur geträumt? Sein Herz schlug wie wild und sein Atem ging viel zu schnell. Im Zimmer war es stockdunkel. Der erschrockene Mann kam zu dem Schluss, dass er es sich nur eingebildet hatte. Er legte sich wieder hin und nahm sich vor, weniger mit seiner Frau zu streiten, damit die Alpträume weniger wurden. Doch kaum hatte er sich in eine bequeme Position bugsiert, erschallte der Ruf erneut.

»FEUER!«

Diesmal war er sicher. Er sprang aus dem Bett, ohne in seine Schlappen zu schlüpfen und rannte ans Fenster. Er stieß die blinden Scheiben auf und klappte den Laden zur Seite.

Von seiner Position aus hatte er einen exklusiven Blick auf ein Inferno. Der Hof seines Nachbarn stand lichterloh in Flammen.

»Gisela, wach uff, de Kremerhof brennt«, sagte er zu seiner Frau.

Heinrich Niemann wollte gerade seine morgendliche Runde durch den Frankfurter Dom drehen, den er als Türmer seit nunmehr beinahe zwölf Jahren bewohnte. Der Spätsommer 1912 war nicht besonders warm gewesen. Jetzt, Anfang September, konnte man aber noch angenehme Temperaturen in Frankfurt messen; es war weder zu warm, noch zu kalt. Die Dämmerung hatte bereits eingesetzt und jagte die Dunkelheit aus der Stadt. Heinrich straffte seine Uniform der Frankfurter Berufsfeuerwehr, der er angehörte und umrundete schlaftrunken die Aussichtsplattform kurz unter der Spitze des Frankfurter Doms.

Heinrich mochte diese Zeit des Tages. Keine Besucher, denen er immer und immer wieder dieselbe Leier über den Dom aufsagen musste, kein Pförtner Meinhardt, der ihn mit irgendwelchem Unfug in den Irrsinn trieb und keine

Verpflichtungen, die ihn aufhielten. Es war der Moment des inneren Friedens für den Feuerwehrmann mit Frankfurts höchstem Arbeitsplatz.

Heinrich erreichte gerade die Nordspitze der Rotunde, als er etwas am Horizont sah, das ihn stutzig werden ließ. Das schwache Licht ließ noch keinen Weitblick zu, doch Heinrich schien in Richtung Norden etwas zu sehen, was da normalerweise nicht hingehörte. Er blieb stehen und kniff die Augen zusammen, um seinen Blick zu schärfen.

»Verdammt«, murmelte er. »Das sieht nicht gut aus.«

Niemann konnte am Horizont eine Rauchsäule erkennen, die sich gewaschen hatte. Derartige Ausmaße hatten die Feuer in der Stadt selten. Da musste etwas größeres Brennen. Heinrich beschloss, seine Entdeckung erstmal an die Hauptfeuerwache in der Münzgasse zu melden. Sicher war sicher.

Knisternd suchten die gierigen Flammen nach Nahrung. Sie fraßen sich in das trockene Holz des alten Gebäudes, das die Urgroßväter der heutigen Besitzer gekonnt zu einem Haus verbunden hatten. Doch davon war jetzt nur noch ein Umriss zu erahnen. Die Wärme strahlte viele Meter weit und erschwerte die Löscharbeiten, die von der Freiwilligen Feuerwehr Eschersheim verzweifelt durchgeführt wurden. Jetzt endlich traf auch die Unterstützung der Berufsfeuerwehr aus der Stadt ein. Die Wehren der umliegenden Stadtteile wurden zur Hilfe gerufen. So kamen die Helfer aus Heddernheim, Ginnheim und Bonames zur Hilfe geeilt. Mit vereinten Kräften gelang es den Männern die Flammen zurückzudrängen, einzudämmen und schließlich dem Erstickungstod zuzuführen. Als der Rauch sich verzogen hatte und die Dämmerung den Tag langsam zum Licht führte, wurde das ganze Ausmaß des Brandes sichtbar. Verschmutzte Männer standen in den noch immer qualmenden Trümmern des Hofes. Hier und da wurden kleine Glutnester gefunden und ihnen der Garaus gemacht. Ein bizarres Gerippe aus Holzbalken war alles, was vom Haus der Familie Kremer übriggeblieben war. Mitten in diesem apokalyptischen Inferno stand ein Mann. Jung, keine fünfundzwanzig Jahre alt, verdreckt, mit hängenden Armen und leerem Gesichtsausdruck. Er sah zutiefst erschöpft aus. Er war der einzige Überlebende des Brandes.

Als der Qualm verzogen war und der Tag sich als ein wunderschöner seiner Art präsentierte, erreichte Kommissar Schuhmann das Gelände. Kommissar Gerhard Schuhmann war eine kleine Berühmtheit in der Stadt. Er hatte spektakuläre Fälle in den letzten Jahren gelöst und galt im Boulevard als der zukünftige Polizeipräsident. Doch Schuhmann selbst dachte nicht mal im Traum daran, ein solches Amt anzustreben. Er liebte, was er tat und wusste, dass es genau das war, was er am besten konnte. Warum sollte er sein Talent in einer gehobenen Position verschwenden? Wer würde denn die kniffligen Fälle lösen, wenn er in einer Schreibstube hinter einem riesigen Schreibtisch vergammelte? Also vermied er es, sich auf eine höher dotierte Stelle zu bewerben.

»Wer leitet den Einsatz?«, fragte der Kommissar in die Runde seiner Kollegen, die zahlreich umherstanden und auf seine Ankunft gewartet hatten.

»Ich«, rief einer der Umherstehenden und kam näher.

Schuhmann zog beim Anblick des Kollegen die Brauen hoch. Er konnte unmöglich die Leitung haben. Er war ja noch nicht mal trocken, dachte sich der Kommissar.

Tatsächlich war der Kollege ein glattgesichtiger dürrer Mann, der aussah, als hätte er gerade die Schule verlassen.

»Ich bin der Dorfpolizist von Eschersheim. Marius Keppler, mein Name«, stellte sich der junge Mann zackig vor und reichte dem Kommissar die Hand. Schuhmann ergriff diese und fragte gleichzeitig: »Gibt es Zeugen?«

»Nur den Sohn des Hauses«, antwortete der schmale Kollege. »Er ist hier irgendwo auf dem Hof unterwegs. Ich glaube, er wollte nach den Viechern sehen.«

Kommissar Schuhmann nickte dem Kollegen kurz zu und zeigte auf die Reste des Haupthauses, das bis auf ein paar Mauerreste ein Opfer der Flammen geworden war.

»Liegen die beiden Opfer da drin?«, fragte er den jungen Kollegen.

»Ich denke ja«

»Was heißt: Sie denken ja?«, blaffte Schuhmann. »Haben Sie denn nicht nachgesehen? Bin ich etwa wegen einer Vermutung aus dem Bett geholt worden?«

»Ich bitte um Entschuldigung, Herr Kommissar«, antwortete der Kollege eingeschüchtert. »Ich war nicht im Haus, ich …«

»Sie plappern nach«, unterbrach Schuhmann den Mann. »Ich denke, Sie leiten die Chose hier.«

»Tu ich ja auch«, antwortete Keppler gekränkt.

»Und warum überzeugen Sie sich dann von den wichtigen Dingen nicht selbst?«, fuhr Schuhmann fort. Er hasste derartiges Verhalten. Sein Anspruch war es nun mal, Fälle zu lösen und nicht unter den Teppich zu kehren. »Hier ist vielleicht ein Mord geschehen. Ein dermaßen laxer Umgang mit dem Tatort kann die Aufklärung massiv beeinträchtigen, Mann.«

»Aber es war ein Unfall«, ging der junge Kollege in die Offensive.

»Sagt wer?«

»Ich.«

»Kraft welcher Beweise?«

»Beweise?«

»Ja, Beweise. Sie wissen schon, was das Wort bedeutet, oder?«

»Es braucht keine Beweise«, kiekste der junge Kollege und verzog verwirrt das Gesicht

Schuhmann starrte den Kollegen verblüfft an. Dann legte er den Kopf schief und schlug sich an das rechte Ohr.

»Würden Sie das bitte wiederholen. Ich glaube nämlich, mir sind die Ohren ein wenig verstopft. Ich habe gerade verstanden, dass Sie keine Beweise benötigen.«

Keppler wurde rot. Langsam dämmerte ihm, dass er versagt hatte.

»Ich will mich ja hier nicht aufspielen, Herr Keppler. Wir sind Kollegen und ich bin an einer anständigen Zusammenarbeit interessiert, aber wir haben eine dreiköpfige Familie in einem abgebrannten Hofgut, von denen zwei Opfer der Flammen wurden. Ich …«

»Vierköpfig«, unterbrach Keppler.

»Wie bitte?«
»Es ist eine vierköpfige Familie«, erklärte Keppler. »Es gibt noch einen Bruder.«
»Und wo ist der?«
»Weggezogen.«
»Aha, also lebt er noch.«
»Vermutlich.«
»Aber er war nicht vor Ort, als das Feuer ausbrach?«
»Nein.«
»Dann kümmere ich mich später um ihn«, sagte Schuhmann und wedelte mit den Händen durch die Luft. »Zurück zum Thema. Wir haben also drei Menschen in einem brennenden Haus, von denen zwei sterben und einer unverletzt entkommt.«
»Korrekt.«
»Da fange ich an, mir Gedanken zu machen.«
»Wie meinen?«
»Naja«, sagte Schuhmann gedehnt. »Was würden Sie zuerst tun, wenn bei Ihnen zu Hause ein Feuer ausbricht?«
»Ich würde meine Tochter und meine Frau schnappen und rausrennen.«
Schuhmann blickte den jungen Kollegen an und wartete, bis der junge Dorfpolizist seine eigenen Worte verarbeitet hatte. Dann hob Keppler den Zeigefinger, öffnete den Mund und riss die Augen auf, als hätte er vom Baum der Erkenntnis genascht.
»Sehen Sie?«
»Sie meinen …?«
»Ich meine gar nichts«, wehrte Schuhmann ab. »Ich wundere mich nur.«

Die Zeugin

Der Kommissar musste nicht lange suchen, bis er den einzigen Überlebenden des Infernos fand. Ludwig Kremer stand mitten in den Trümmern seines Zuhauses. Auf dem Hof waren zwar immer noch etliche Helfer unterwegs und es herrschte eine gewisse Betriebsamkeit, doch dieser Mann stand wie eine Statue inmitten des Chaos.

Er war in etwa so groß wie der Kommissar, hatte wirres Haar, breite Schultern, die von der schweren Hofarbeit geformt wurden und einen leeren Gesichtsausdruck. Er schien abwesend zu sein.

»Herr Kremer?«, sprach ihn Schuhmann vorsichtig an.

Der Blick des jungen Mannes klarte zuckend auf. Tatsächlich schien er in Tagträumen gefangen, bis ihn der Kommissar weckte.

»Was gibt's?«, murmelte er.

»Ich bin Kommissar Schuhmann von der Frankfurter Polizei. Ich wurde gerufen, um bei den Ermittlungen zu helfen.«

»Welchen Ermittlungen?« Die Stimme Kremers war dunkel, von einer gewohnten Traurigkeit gefärbt, die dem Kommissar sofort auffiel. Dieser Mann war nicht erst seit heute traurig, er war es gewohnt, melancholisch zu sein.

Schuhmann trat vor ihn.

»Zunächst einmal muss ich Ihnen mein Beileid zu Ihrem Verlust zum Ausdruck bringen.«

»Kann man alles wieder aufbauen«, gab Kremer zurück.

Schuhmann erschrak, weshalb er seinen nächsten Satz erst mit Verzögerung sagte.

»Ich meinte eigentlich den Verlust Ihrer Eltern und nicht den Ihres Hofes.«

Kremer schaute jetzt Schuhmann zum ersten Mal in die Augen. Er sagte nichts, starrte den Polizisten nur an.

»Natürlich«, sagte er dann. »Das … ich …«, er stockte, schien mit den Tränen zu kämpfen, dann urplötzlich lachte er auf, nur um letztendlich dann doch wieder zu weinen.

»Entschuldigen Sie«, sagte er, als er seine Gefühlswelt wieder geordnet hatte. »Ich habe das alles noch nicht verarbeitet.«

»Verständlich«, entgegnete Schuhmann. »Weshalb es mir umso mehr leid tut, dass ich Sie zum Hergang befragen muss.«

»Hergang?«, sagte Kremer. »Was bedeutet das?«

»Ich meinte den Ablauf der Ereignisse.«

»Sie müssen schon deutsch mit mir reden, Herr Schuhmann. Ich habe keine Fremdsprachen studiert. Ich bin ein einfacher Mann vom Land. Wenn Sie so komisches Zeug reden, kann ich Ihnen nicht folgen.«

Schuhmann wusste nicht, was ihn mehr verwirrte. Die Offenheit dieses Mannes oder die Gleichgültigkeit, mit der er diese zur Schau stellte. Was ihm außerdem auffiel, war, dass Kremer nicht das typische Frankfurter Idiom darbot. Es zeigte sich keine Spur des Dialektes. Schuhmann zog einen Notizblock hervor und notierte sich das für später.

»Wie haben Sie von dem Feuer Kenntnis erhalten?«

»Kenntnis erhalten?«, äffte Kremer des Polizisten nach. Fuhr dann aber fort: »Ich habe von dem Feuer *Kenntnis erhalten*, als es warm wurde um mich herum. Ich bin aufgewacht und mir war warm. Zu warm. Außerdem hat es überall geknistert und gezischt. Und gerochen hat es auch nach Feuer, da bin ich rausgerannt.«

»Ohne nach Ihren Eltern zu sehen?«, hakte Schuhmann bemüht beiläufig ein.

»Was wollen Sie mir damit unterstellen?«, schnaubte Kremer und funkelte den Kommissar an, der betreten schwieg. Schuhmann fluchte innerlich, er hatte es an Sensibilität fehlen lassen. Kremer holte tief Luft und sprach: »Sie verwechseln ungebildet mit dumm, Herr Kommissar«, antwortete Kremer. »Ich will es Ihnen gerne erklären. Ich habe keine große Schulbildung, aber deswegen bin ich noch lange nicht dumm, verstehen Sie? Sie denken, ich hätte meine Eltern absichtlich nicht gesucht.« Er machte eine kurze Pause. »Sind Sie schon einmal nachts aufgewacht und waren von Flammen eingeschlossen? Haben Sie schon einmal gedacht, dass Ihr letztes Stündlein geschlagen hat und Sie bei lebendigem Leib verbrennen?« Er steigerte sich, schien jetzt richtig wütend zu werden. »Mir hat der Arsch gebrannt, mein Herr. Entschuldigen Sie vielmals, dass ich mein Leben retten wollte und in meiner anmaßenden Panik vergessen habe, nach anderen zu suchen, die vielleicht schon längst im Hof standen und löschten.«

Schuhmann wurde rot. Er senkte den Blick und tat so, als würde er etwas in seinen Notizblock schreiben.

»Ich wollte Ihnen nichts unterstellen«, sagte er kleinlaut.

»Haben Sie aber«, blaffte Kremer.

»Es tut mir leid.«

»Drauf geschissen.«

»Sie sind aufgewühlt, Herr Kremer«, startete Schuhmann einen neuen Versuch. »Wenn Sie mir kurz und bitte sachlich schildern könnten, was aus Ihrer Sicht geschehen ist, ...«

»Kann ich«, sagte Kremer und schien sich wieder zu beruhigen. Er atmete tief durch und fing dann an zu erzählen: »Wie ich bereits erwähnte, bin ich von ungewöhnlichen Geräuschen geweckt worden. Als ich kapierte, was los war, bin ich aus meinem Bett gesprungen und aus dem Haus gelaufen. Da stand schon alles in Flammen.«

»War denn sonst noch jemand auf dem Hof?«

»Ich war allein, dann kamen die Nachbarn und die Feuerwehr.«

Schuhmann traute sich kaum zu fragen, musste es aber tun: »Wo waren Ihre Eltern zu diesem Zeitpunkt?«

»Im Haus. Vermutlich bereits tot.«

Die Gleichgültigkeit in Kremers Stimme ließ den Polizisten erschaudern.

»Wie war das Verhältnis zu Ihren Eltern?«

Kremer schaute den Kommissar abschätzig an und sagte dann: »Schlecht wäre geprahlt. Das wusste hier jeder.«

»Danke für Ihre Offenheit.«

»Kein Problem. Kann ich jetzt gehen?«

»Wohin?«

»Aufräumen.«

»Ich befürchte, dass kann ich nicht zulassen«, hielt ihn der Kommissar zurück.

Kremer erstarrte und schaute irritiert.

»Wir müssen das alles erstmal untersuchen. Sobald wir der Meinung sind, alles gesichtet zu haben, sagen wir Ihnen Bescheid. Das verstehen Sie doch sicherlich.«

Kremer schien einen Moment zu überlegen und nickte dann. Schuhmann entließ den jungen Mann mit dem Hinweis, dass er so schnell wie möglich arbeiten und den Hof zum Aufräumen freigeben würde. Dann tat er etwas, was er bis dahin hinausgezögert hatte: Er macht sich auf den Weg, die Leichen zu begutachten. Dazu musste er durch die Trümmer des Gehöfts steigen. Er bemühte sich, dabei so wenig wie möglich zu verändern. Die Wärme des Brandes stieg noch immer aus den Trümmern, an manchen Stellen stiegen dünne Rauchfäden empor und die ausströmenden Brandgase kratzten in Schuhmanns Lunge. Er unterdrückte ein Husten, als er inmitten der verkohlten Überreste stand. Ein wenig ratlos blickte er sich um.

»Genau hier muss es ausgebroche sei´«, hörte er plötzlich eine Stimme neben sich. Er fuhr herum.

»Was?«, war alles, was er herausbrachte.

»'Schuldigung«, sagte der Mann, dessen Stimme den Kommissar erschreckt hatte. »Isch bin hier de´ Wehrfiehrer. Adolf Häger heiß isch«, stellte sich der Mann vor.

Schuhmann musterte ihn kurz. Er war schmutzig im Gesicht, was nur logisch war. Der Brandrauch und der Ruß hatten sein Gesicht beinahe komplett geschwärzt. Sein Schnauzer war durcheinander, sein pomiertes Haar allerdings saß einwandfrei. Auf seiner Stirn konnte man die Grenze des Helmes genau erkennen, da ab etwa der Mitte die schwärze aufhörte. Ein ulkiger Anblick, der es dem Kommissar schwer machte, den Mann ernst zu nehmen.

»Ich bin Kommissar Schuhmann«, antwortete er. »Ich bin beauftragt worden, die Brandursache zu ermitteln.«

»Da kann isch helfe´«, bot sich der Wehrführer an.

»Gerne«, nahm Schuhmann an. »Sie waren ja schließlich vor Ort, als es noch gebrannt hat. Wie ist Ihre Einschätzung?«

»Brandstiftung«, war alles, was Häger dazu zu sagen hatte. Schuhmann wartete noch einen kleinen Moment, ob sich der Mann präzisieren würde. Als dieser sich aber dann eine Zigarette anzündete und den ersten Rauch tief inhalierte, war Schuhmann sicher, dass er den Wehrführer ein wenig bauchpinseln musste, damit er sein Wissen preisgab.

»Was bringt Sie zu dem Entschluss?«, fragte er deshalb.

»Mmh?«, machte Häger abwesend. Er schien vor sich hingeträumt zu haben.

»Warum sind Sie so sicher, dass es Brandstiftung war?«

»Ach so«, sagte er und schien wieder im Hier und Jetzt zu sein. »Der Brand ist im Vorratsraum ausgebrochen.« Er deutete auf eine besonders verkohlte Stelle. »Genau hier.« Er ging einen Schritt nach vorne und kniete sich nieder. Er nahm ein Stück Holz in die Hand und kratzte an einem Rest der Mauer. »Sehen Sie hier?«, fragte er den Kommissar, der nun, neugierig geworden, ebenfalls in die Hocke ging. »Alles abgeplatzt. Sogar die Staa sin gerisse. Und runderum is alles hell. Ganz klar, hier isses ausgebroche, hier war die größt Hitz.«

Schuhmann nickte und besah sich die Stelle intensiv. Der Mann hatte Recht. An dem Mauerrest war eine Stelle, die aussah, als hätte das Feuer hier heller und wärmer gebrannt als anderswo.

»Aber das heißt doch noch lange nicht, dass es Brandstiftung war«, warf er ein.

»E´ Kerz´ brennt net so heiß und im Vorratsraum schon gar net. Was soll‘n da brenne? Die Worscht, oder was?«

Die einfache, aber dennoch sichere Beurteilung des Feuerwehrmannes überzeugte Schuhmann und ließ ihn nachdenklich werden. Auch sein Bauchgefühl sagte ihm, dass es sich hierbei nicht um einen Unfall handelte. Er seufzte beim Aufstehen, da er nun wusste, dass dieser Brand ihn noch ein paar Tage lang beschäftigten würde.

»Vielen Dank für Ihre Einschätzung, Herr Häger«, bedankte sich der Kommissar und ging weiter, direkt nebenan zu den Leichen. Der Anblick war alles andere als schön. Man konnte kaum noch etwas Menschliches erkennen. Zwei verkohlte Körper lagen nebeneinander in den Resten des Ehebettes auf dem Boden. Ein Deckenbalken lag quer über ihnen. Schuhmann trat näher. Eine der Leichen lag in der Seitenlage, so als würde sie schlafen. Die Beine waren angezogen und der Kopf lag auf beiden Händen. Die Leiche daneben lag auf dem Rücken, die Hände auf der Brust gefaltet. Allem Anschein nach sind beide durch den Rauch erstickt, bevor sie verbrannten. Irgendwie ein tröstlicher

Gedanke, dachte Schuhmann. Er lief ein paarmal um das verstorbene Ehepaar herum, um von allen Seiten einen Eindruck zu erhalten. Der mittlerweile eingetroffene Polizeifotograf baute bereits alles für die Fotos auf. Schuhmann beschloss, dass er genug Eindrücke gesammelt hatte; den schrecklichen Rest konnte er auch noch später auf den Fotos begutachten.

An diesem Abend traf der Kommissar seinen besten Freund Heinrich Niemann, dem Domtürmer, auf ein Stück Fleischwurst und einen Apfelwein in der Schirn zwischen Römerberg und Domplatz. Die Wurst holte man sich auf die Hand beim Metzger gegenüber und trank dazu sein Stöffche in der Kneipe.

»Hast du von dem Feuer in Eschersheim gehört?«, fragte Schuhmann seinen Freund zwischen zwei Bissen.

»Du weißt noch, dass ich Berufsfeuerwehrmann bin?«, tadelte der Türmer den Polizisten. »Ich habe nicht nur etwas davon gehört. Ich habe es sogar gesehen.«

»Echt?«

»Naja, eher die Rauchwolke über Eschersheim. War ja nicht zu übersehen von da oben.« Er deutete mit seinem Wurstschnippel in Richtung Domspitze.

»Um wieviel Uhr war das?«

»So gegen sechs heute Morgen.«

Der Kommissar nickte nur.

»Wieso fragst du?«

»Naja«, murmelte Schuhmann mit vollem Mund. Er spülte die Wurst mit etwas Apfelwein herunter und sprach dann weiter. »Es gab zwei Tote und ich ermittle in der Sache.«

Der Türmer zog die Brauen hoch. Er wischte sich über den Schnauzer, der an beiden Enden nach oben gebogen war und rückte seine Uniformmütze zurecht. Seine blauen Augen waren geweitet. Das hatte er wohl noch nicht gewusst.

»War es Mord?«

»Schon möglich«, antwortete Schuhmann. »Allerdings ist es jetzt noch zu früh, so etwas zu behaupten.«

»Wenn du willst, kann ich dir helfen«, bot sich der Türmer an.

Kommissar Schuhmann war damit in einer Bredouille. Er wollte seinen Freund natürlich nicht vor den Kopf stoßen, indem er das Angebot ablehnte. Wenn er aber das Angebot annahm, würde es so ausgehen, wie bei all den Fällen, an denen der Türmer mitgearbeitet hatte. Er würde naseweise Kommentare abgeben, sich aufspielen als Experte, seine Ermittlungen behindern und seines und das Leben anderer Leute in Gefahr bringen, auf seinen Nerven herumtrampeln und ihn bei seinem Vorgesetzten schlecht aussehen lassen. Nach kurzem Abwägen entschied er sich für Diplomatie.

»Danke für dein Angebot. Ich komme darauf zurück, wenn ich nicht mehr weiterkomme.«

Gisela Reimann wartete nicht lange, bis sie zur Tat schritt. Sie war ein ausgekochtes Miststück. Wenn sie eine Situation zu ihrem Vorteil nutzen konnte, dann tat sie das, ohne Rücksicht auf Verluste. Ihr Mann Albrecht konnte ein Lied davon singen. Sie war die Herrin auf dem Hof, da biss die Maus keinen Faden ab. Und alle Welt wusste das. Man hatte Mitleid mit Albrecht, aber nur hinter vorgehaltener Hand. Niemand hatte den Mumm, dem armen Bauern Reimann zu sagen, dass er die Königin der Durchtriebenheit geheiratet hatte, die ihn von der ersten Minute an nur ausnutzte.

Jeder wusste, dass Frau Reimann zahlreiche Affären in Eschersheim unterhielt, darunter einige Prominente des Ortes, während ihr Mann so gut wie gar nicht zum Zuge bei ihr kam. Bei ihm täuschte sie immer irgendein Wehwehchen vor oder ignorierte seine Annäherungsversuche. Trotzdem hatten sie vier Kinder. Von wem die waren, konnte nur spekuliert werden. Albrecht Reimann hatte alle als die Seinen anerkannt. Gisela Reimann war ja nicht dumm. Jedes Mal, wenn sie bemerkte, dass sie von irgendeinem Mann schwanger wurde, oder auch nur die Möglichkeit bestand, gönnte sie ihrem Mann ein paar Schäferstündchen und schon waren alle Probleme aus der Welt geschafft.

Sie war das durchtriebenste Weib in Frankfurt, und das mit Abstand. Soviel stand fest.

Und sie war hübsch. Ausgesprochen hübsch sogar. Nicht wenige fragten sich, warum sie mit Albrecht Reimann verheiratet war. Das war ständiges Gesprächsthema in den Kneipen Eschersheims. Die Meisten hatten neben dem Unverständnis eigentlich nur Mitleid mit Albrecht. Die Wahrheit war ziemlich einfach. Albrecht bot finanzielle Sicherheit und war seiner Frau heillos unterlegen, sowohl was den Intellekt anging, als auch was die Bosheit betraf. Er liebte seine Frau und tat alles für sie. Sie hingegen nutzte das gnadenlos aus. Sie hatte einfach ein schönes, faules Leben auf dem Hofe Reimann. Sie schlief lang und arbeitete nur das Nötigste. Sie hatte dafür gesorgt, dass genug Knechte und Mägde am Hof waren, die für einen Hungerlohn die Drecksarbeit machten.

Trotz all der Annehmlichkeiten am Hof ihres Mannes, sehnte sie sich immer nach mehr. Das Leben auf dem Land war für Gisela Reimann nichts. Sie wollte in die Stadt und bei den Wohlhabenden mitmischen. Seit sie in diesem Kaff geboren worden war, träumte sie davon, reich und berühmt zu sein. Ihre Eltern waren früh gestorben. Sie war gerade siebzehn, als sie bei Albrecht Reimann einzog. Er hatte sich ihrer angenommen, weil ihr Vater der beste Freund Albrecht Reimanns gewesen war. Es hatte nicht lange gedauert, da hatte sie Reimann um den Finger gewickelt. Trotz des Altersunterschieds heirateten sie schon ein Jahr später, was natürlich wieder zu Geschwätz in den Kneipen Eschersheims führte. Die Ehe war ein Gefängnis, aus dem sie schnell ausbrach und ihren Ehemann nach Strich und Faden betrog und belog und sich im Dorf so manchen Vorteil durch die Verführung verheirateter Männer in wichtigen Positionen erkaufte. Das brachte sie in eine Position, die sie zur heimlichen Herrscherin Eschersheims machte. Sie war ein Miststück und sie hatte gesehen, wer das Feuer gelegt hatte.

Partnerschaften

»Vertrauen Sie mir etwa nicht?«, brauste Kommissar Schuhmann auf. Soeben hatte er erfahren, dass er einen Berater zur Seite gestellt bekam, der ihm bei den Ermittlungen in der Brandsache Kremer beistehen sollte.

»Natürlich vertraue ich Ihnen, Herr Schuhmann«, beschwichtigte Horst Rosenbaum, der Vorgesetzte des Kommissars. »Sie sollen sich nur helfen lassen.«

»Warum?«

»Weil es dann einfacher wird.«

Schuhmann gab auf und schnaufte, dann sagte er: »Und wer ist dieser Fachmann?«

Rosenbaum zögerte und presste die Lippen aufeinander.

Schuhmann sah es ihm an, wurde puterrot und rief: »Das ist nicht Ihr Ernst.«

»Aber Sie sind doch beste Freunde«, sagte Rosenbaum kleinlaut und halbherzig.

»Im Privatleben«, erinnerte Schuhmann. »Aber beruflich kann ich ihn nicht ausstehen. Zumal er ein Laie ist, Herr Rosenbaum. Wenn ich daran erinnern darf.«

»Aber die Erfolge sprechen für ihn.«

»Und ich muss darunter leiden.«

»Herr Niemann ist Ihr fachlicher Berater in diesem Fall, Ende der Diskussion«, fauchte Rosenbaum plötzlich.

Schuhmann starrte ihn an, dann dämmerte ihm etwas.

»Das kommt nicht von Ihnen«, sagte er. Es war keine Frage, es war eine Feststellung. »Das kommt vom Präsidenten persönlich.«

»Dann richten Sie Herrn Rieß von Scheuernschloß aus, er möge seinen Scheiß allein machen«, motzte Schuhmann und setzte sich mit verschränkten Armen auf einen Hocker.

»Herr Kommissar, mäßigen Sie sich«, wurde Rosenbaum jetzt förmlich. Normalerweise hätte er eine solche Undiszipliniertheit niemals durchgehen lassen. Doch Schuhmann war sein bester Mann und das wussten beide. Niemand anderes durfte so mit ihm umgehen. Und da außer ihnen sonst niemand im Raum war, gab es kein Problem. Dennoch war Rosenbaum wütend auf die infantile Reaktion seines Untergebenen.

»Ober sticht Unter, Herr Schuhmann«, erinnerte Rosenbaum. »Herr Polizeipräsident Rieß von Scheuernschloß ist mein Vorgesetzter und hat mich mit dieser Personalie beauftragt und ich bin Ihr Vorgesetzter und gebe es an Sie weiter und Sie müssen nun mal damit klarkommen. So einfach ist das.«

»Das hat der bestimmt mit dem Schänker ausgemacht«, motzte Schuhmann weiter. Man merkte ihm aber an, dass er begann, sein Schicksal zu akzeptieren.

»Ich nehme stark an, dass der Branddirektor informiert wurde, sonst würde Herr Niemann nicht bei uns als Berater mitwirken dürfen.«

»Die zwei klüngeln doch ständig miteinander.«

»Herr Schuhmann«, sagte Rosenbaum in endgültigem Tonfall. »Wer mit wem klüngelt, kann uns egal sein, wir werden mit Tatsachen konfrontiert, die unser Polizeipräsident schafft. Ob nun mit Unterstützung des Branddirektors oder nicht, sei einmal dahin gestellt. Fakt ist, dass Herr Niemann ab sofort in beratender Funktion zu Ihrem Mitarbeiterstab zählt. Ende der Durchsage. Guten Tag.«

Mit diesen Worten verließ Horst Rosenbaum die Amtsstube des Kommissars, der zerknirscht zurückblieb.

Gisela Reimann zögerte nicht lange, sie sah nun ihre Zeit gekommen, dieses elende Kaff zu verlassen, um endlich das Leben führen zu können, das sie verdiente. Ihr Gatte war zusammen mit den Knechten und Mägden auf dem Feld, das Vieh war versorgt und die Kinder waren in der Schule. Frau Reimann war allein zu Hause. Jetzt war die passende Gelegenheit, ihr Vorhaben in die Tat umzusetzen. Sie strich ihr Kleid glatt und richtete ihre Frisur. Dann ging sie hinüber zu ihrem abgebrannten Nachbarn, der gerade dabei war, die Trümmer des Feuers zu beseitigen. Er tat dies allein, niemand half ihm dabei. Die Kremers hatten keine Freunde im Ort. Gisela war es einerlei. Sie hatte so etwas wie Mitleid in ihrem ganzen Leben noch nicht empfunden.

»Hallo Ludwig«, sprach sie den großen Mann an, der in den Trümmern ziellos nach etwas suchte, das nicht Opfer der Flammen geworden war.

Er schaute kurz auf und sagte nichts. Er konnte die Nachbarin nicht leiden, er erkannte ihre wahre Natur und war auf der Hut. Ludwig Kremer war breit und hoch. Seine Statur war die eines Mannes, der es gewohnt war zu arbeiten. Sein Gesicht war trotz des noch jungen Alters bereits von der Arbeit an der frischen Luft bei Wind und Wetter gezeichnet. Er war unrasiert und seine Kleidung war verschmutzt. An den Füßen trug er einfache Holzpantoffeln, sein Haar war seit Wochen nicht gewaschen worden und klebte strähnig an seinem Kopf. Seine Augen waren hellbraun und lagen tief im Schädel unter buschigen Augenbrauen.

»Schrecklich, was euch widerfahren ist«, heuchelte Gisela Anteilnahme, als sie bemerkte, dass Ludwig kein Interesse an einer Konversation mit ihr hatte.

»Was willst du?«, brummte er ohne aufzuschauen.

»Ich wollte nur mein Beileid aussprechen.«

»Da bist du die Erste aus diesem verdammten Kaff«, sagte Ludwig und hörte auf zu wühlen. Er richtete sich auf und schaute zum ersten Mal seine Nachbarin an. Ihre Schönheit war wirklich einzigartig, dachte er sich. Dennoch traute er ihr nicht mehr als einem angeschossenen Hund.

»Sonst noch was?«, blieb er unfreundlich.

»Ich hoffe, ihr wart versichert«, sagte Gisela beiläufig und schaute sich um. »Das wird bestimmt teuer.«

»Was schert's dich?«

»Naja, ...«, antwortete sie gedehnt und sagte dann wie beiläufig: »Weil ich meinen Anteil haben möchte.«

Es hatte nicht lange gedauert, da stand Heinrich Niemann in der Amtsstube des Kommissars. Ihm war anzusehen, dass er es genoss.

»Da bin ich wieder«, rief er in den Raum hinein und holte tief Luft, als stünde er an der See.

»Hurra«, murmelte Kommissar Schuhmann sarkastisch und senkte seinen Kopf zurück in die vor ihm liegenden Akten.

»Habe ich etwas Falsches gesagt?«, wollte der Türmer wissen.

Schuhmann unterbrach seine Arbeiten und trat zu Niemann hinüber. Als er vor ihm stand, sagte er: »Dass eins klar ist, mein Freund: Ich habe hier das Sagen, du bist nur mein Berater.«

»So wurde es mir gesagt«, zeigte sich Niemann eingeschüchtert und hob abwehrend die Hände. »Ich hatte nichts anderes geplant.«

»Dann ist ja gut«, sagte Schuhmann und ging zurück zu seinen Akten.

Der Türmer stand verloren im Raum und zögerte. Dann sagte er: »Gerd, was soll das?«

»Was?«

»Du bist beleidigt, weil ich dir zugeteilt wurde. Das sehe ich doch.«

»So ein Humbug«, wehrte der Kommissar ab. Man bemerkte aber, dass der Türmer den Nagel auf den Kopf getroffen hatte. Kommissar Schuhmann war beleidigt wie ein kleines Mädchen, das gerade erfahren hatte, dass es in den Sommerferien nicht nach Sylt durfte.

»Wie lange kennen wir uns jetzt?«, fragte Niemann. Er wartete nicht auf eine Antwort seines Freundes, sondern beantwortete die Frage selbst. »Ich glaube, es sind jetzt über zehn Jahre, nicht wahr?«

»Was willst du damit sagen?«

»Ich kann in dir lesen wie in einem Buch.«

»So? Und was steht da?«, Schuhmann hob den Kopf und schaute den Türmer jetzt direkt an.

»Du bist gekränkt, weil du denkst, dass dein Vorgesetzter denkt, dass du den Fall nicht alleine lösen kannst. Und du denkst, dass ich dir bei dem Fall nur im Weg stehe und dir ständig dazwischenfunke. Und du denkst, dass das unserer Freundschaft schaden könnte.«

»Ich denke, du denkst zu viel«, antwortete Schuhmann. Dann aber seufzte er. »Ja«, gab er zu. »So ungefähr.«

Niemann schaute seinen Freund an. Dann sagte er ruhig und sehr ernst: »Wir beide können nichts dafür, dass ich hier bin. Mein Branddirektor und dein Polizeipräsident sind gute Freunde. Und wenn die beiden das aushecken, dann sind wir kleinen Männer machtlos. Da können wir nackt auf dem Römerberg Tango tanzen, das ändert nichts. Also lass uns das Beste daraus machen.«

Schuhmann starrte den Türmer eine Weile an, dann grinste er und sagte: »Komm her, ich erkläre dir, worum es geht.«

Fataler Fehler

Ludwig Kremer zeigte sich völlig unbeeindruckt vom Auftreten seiner Nachbarin. Innerlich jedoch arbeitete er mit Hochdruck an einer Lösung. Aber er wollte erst einmal hören, was sie ihm zu sagen hatte.

Er führte Gisela hinter die Scheune, die vor dem Feuer zumindest teilweise gerettet werden konnte. Hinter der Scheune war ein Gemüsegarten angelegt, in dessen Mitte ein Geräteschuppen stand, den Kremer seit dem Brand als Schlafstätte nutzte.

»Ich konnte noch ein Fass Apfelwein retten, magst du einen Schluck?«, fragte Kremer freundlich.

»Warum nicht?«, willigte Gisela ein und folgte dem Mann zu der kleinen Hütte im Garten.

Galant öffnete Kremer die Tür des Holzverschlags und ließ Gisela mit vornehmer Geste den Vortritt. In der Hütte war es überraschend hell und aufgeräumt. In einer Ecke hatte sich Kremer ein Lager aufgebaut, auf dem er die Nächte bequem verbringen konnte. Gegenüber dem provisorischen Bett hatte er eine kleine Kochstelle eingerichtet. Sogar ein Ofen stand dort.

»Ich bin überrascht«, sagte Gisela beim Anblick des bescheidenen Komforts.

»Ich habe hier schon öfter geschlafen. Nicht erst seit dem Brand«, erklärte Kremer.

Gisela nickte nur, während Kremer begann, zwei Gläser mit dem Frankfurter Nationalgesöff zu füllen.

»So«, sagte er, als er Gisela ihr Glas reichte. »Wie hast du das vorhin gemeint, mit deinem Anteil?«

Gisela nippte an ihrem Apfelwein, verzog das Gesicht und stellte das Glas auf der Fensterbank des einzigen Fensters der Hütte ab. Sie bemerkte, dass Kremer vor der Tür stand, dachte sich aber nichts dabei. Sie war sich ihrer Sache so sicher, dass sie keinen Gedanken an die Reaktion ihres Nachbarn auf ihren Vorschlag verschwendete. Sie sah nur das Ticket in ihre Freiheit. Es war zum Greifen nah.

Also holte sie tief Luft, spannte ihren zierlichen Körper an und sagte: »Ich habe gesehen, wie du das Feuer gelegt hast, Ludwig.«

Kremer blieb unbeeindruckt und nahm einen Schluck von seinem Gerippten. Während er trank, heftete er seinen Blick auf Gisela. Er setzte das Glas ab, sprach aber nicht. Gisela wurde unsicher.

»Hast du dazu nichts zu sagen?«, wollte sie wissen.

»Nö.«

Mit dieser Reaktion hatte sie nicht gerechnet. Sie überlegte kurz und beschloss dann, einfach ihren ursprünglichen Plan weiter zu verfolgen.

»Ich denke, ich kann es auch nicht gesehen haben.«

»Was denn jetzt?«, fragte Kremer immer noch völlig entspannt. »Hast du mich jetzt gesehen oder nicht?«

»Kommt darauf an.«

»Auf was?«

»Naja, ...«, sie zögerte. »... gegen eine kleine Ausgleichszahlung aus der Brandversicherung könnte ich die ganze Nacht selig geschlafen und nichts gesehen haben.«

»Aha«, machte Kremer und leerte sein Glas mit einem kräftigen Schluck. Dann knallte er es mit Wucht auf eine Holzkiste, sodass Gisela zusammenzuckte. »Hast du Angst vor mir?«, fragte Kremer.

Gisela lachte verunsichert auf.

»So ein Unsinn«, sagte sie mit zittriger Stimme. Ihr Blick verriet, dass sie log. »Was ist jetzt? Bekomme ich meinen Anteil, oder soll ich mit der Polizei reden?«

»Die werden sich wundern, dass du erst jetzt davon erzählst.«

»Der Schock, du verstehst. Ich konnte es einfach nicht fassen, dass mein Nachbar seine Eltern verbrennt. Er war immer so nett und höflich. Und die armen Opfer erst, die waren immer so freundlich und hilfsbereit und ...«

»Halt's Maul!«, schrie Kremer plötzlich. Er explodierte förmlich. Sein Gesicht war puterrot angelaufen. Dicke Adern schwollen auf seiner Stirn an. Seine Fäuste waren geballt, sein Körper bebte. Sein Blick war stechend.

»Rede nicht so«, schrie er. »Sag nie wieder, dass meine Eltern nett und hilfsbereit waren. Sie waren Monster, die den Tod mehr als verdient haben. Sie sollen in der Hölle schmoren.«
Jetzt hatte Gisela Angst.

»Und du bist sicher, dass es Brandstiftung war?«, wollte Heinrich wissen.
»Da gibt es wenig Zweifel«, bestätigte Schuhmann.
»Aber es gibt welche.«
»Worauf willst du hinaus?«, wurde der Kommissar skeptisch.
»Naja, es heißt doch immer, wenn man Zweifel hat und sichergehen will, muss man die Zweifel ausräumen oder man kann kein Urteil fällen.«
Schuhmann schaute seinen Freund mit einer hochgezogenen Braue an.
»Was?«, wollte der Türmer wissen, als er vergeblich versuchte, den Blick des Polizisten zu deuten.
»Bist du jetzt neuerdings auch noch als Rechtsberater unterwegs?«
»Ich denke nur nach und versuche, methodisch vorzugehen.«
Schuhmann schürzte die Lippen.
»Zweifel ausräumen, methodisch vorgehen ...«, echote er. »Hast du irgendein Buch gelesen, das dir nicht bekommen ist?«
»Ich bin halt schlau«, grinste der Türmer.
»Konntest du aber bisher gut verbergen«, konterte der Kommissar.
»Tja«, sagte der Türmer übertrieben stolz. »Stille Waser sind tief.«
»Dann bist du wohl eher eine Pfütze«, kommentiert der Polizist trocken. Bevor er seinerseits in einen Konter lief, fügte er an: »Lass uns da noch mal hinfahren und ein wenig in den Trümmern schnüffeln. Vielleicht räumen wir ja dann die Zweifel aus.«
Der Türmer verzichtete auf eine Erwiderung. Er wusste, er würde seine Chance zum Ausgleich bekommen. Gut gelaunt machten sie sich auf dem Weg zum Unglücksort.

»Jetzt bleib doch mal ganz ruhig«, versuchte Gisela den aufgebrachten Kremer etwas abzukühlen. Dabei schaffte sie es sogar, ein Zittern in ihrer Stimme zu unterdrücken. »Wir gewinnen doch beide bei der Sache.«

»Du erpresst mich«, erwiderte Kremer, immer noch aufgebracht. »Was soll daran mein Gewinn sein? Wenn ich dir gebe, was du verlangst, stehst du nächste Woche wieder da und willst mehr.«

»Bestimmt nicht«, sagte sie mit einem Lachen. »Wenn du mir meinen Anteil gibst, siehst du mich nie wieder.« Sie wurde ernst. »Das Geld ist meine Fahrkarte in die Freiheit, du Dummkopf. Meinst du, ich will hier in diesem Kaff versauern? Ich bin schön, edel und anmutig. Ich gehöre nicht zu einem Bauern, ich gehöre zu einem König.« Ihre Augen glänzten, ihr Gesicht leuchtete, als sie weitersprach. »Ich will Diener, Lakaien und Ansehen. Bälle, Empfänge und Freunde in den höchsten Kreisen. Und das erkaufe ich mir, mit deiner Hilfe.«

Kremer stand stumm vor ihr. Er schien verwirrt zu sein.

»Und du glaubst, das funktioniert?«, wollte er wissen.

»Natürlich«, spuckte Gisela aus. »Außerdem soll's dir egal sein. Kümmere dich um mein Geld und du siehst mich nie wieder. Ich kenne dich dann nicht mehr, ... so wie niemanden aus Eschersheim. Ich bin dann dort, wo ich hingehöre und da ist kein Platz für den Pöbel.«

Mit diesen Worten zwängte sie sich an dem völlig überraschten Kremer vorbei. Sie öffnete die Tür mit solch einem Schwung, dass sie außen an die Holzhütte knallte. Sie rannte über den zerstörten Hof. In dessen Mitte stand ein Mann, den sie in ihrer Raserei ignorierte.

»Morsche«, rief der Mann ihr zu. Doch Gisela stürmte wortlos an ihm vorbei. Der Mann schüttelte nur den Kopf und ging weiter. Als er Kremer sah, ging er zu ihm hinüber.

»Hallo Bruder«, sagte er tonlos.

»Was willst du denn hier?«

»Ich freue mich auch, dich zu sehen. Es sind ja erst ein paar Monate vergangen, seit wir uns das letzte Mal gesehen haben«, antwortete der Mann mit Sarkasmus in der Tonlage.

»Du bist weggezogen, Richard; nicht ich«, erwiderte Ludwig. »Also, was willst du? Dein Erbe einfordern?«

»Unter Anderem«, gab Richard zu.

»Und du denkst, das steht dir zu?«

»Ja, das tut es.«

»Du bist mitten in der Nacht abgehauen und hast mich mit ihm allein gelassen.«

»Du hättest mitkommen können.«

»Und was hätte das gebracht?«

»Ein Ende des Leidens.«

Ludwig schwieg und senkte seinen Blick.

»Komm her, kleiner Bruder«, sagte Richard und breitete die Arme aus. »Es ist jetzt vorbei.«

Ludwig zögerte, dann umarmte er seinen Bruder, der von seinen Gefühlen übermannt in Tränen ausbrach und sich an der Schulter seines Bruders ausweinte.

Heinrich Niemann hatte schwarze Rußflecken im Gesicht, als er aus den Trümmern des Kremerschen Hofes stieg. Gemeinsam mit seinem Freund und ermittelnden Polizisten Gerhard Schuhmann hatte er die Brandstelle untersucht, aber nicht wirklich eine Ursache ausmachen können.

»Schwierig«, sagte der Türmer und wischte sich den Schweiß von der Stirn, wodurch er einen schwarzen Streifen auf eben dieser produzierte. Schuhmann sah es, überlegte kurz und schwieg grinsend.

»Und du hast bereits mit dem Überlebenden gesprochen?«, fragte der Feuerwehrmann.

»Hab ich.«

»Kann ich auch noch mal mit ihm sprechen?«

»Wenn‘s der Sache dienlich ist.«

»Wo finde ich ihn?«

»Hier!«, hörten die beiden Ermittler plötzlich eine Stimme hinter sich. Die beiden Männer zuckten zusammen.

»Entschuldigung, ich wollte Sie nicht erschrecken«, sagte Ludwig Kremer, der direkt hinter ihnen stand. Neben Ludwig stand Richard und reinigte sich mit einem Messer die Fingernägel.

»Guten Tag, Herr Kremer«, sprach Schuhmann als Erster. »Sie verstehen, dass wir uns noch einmal umsehen müssen. Und ich hoffe, Sie haben noch nicht angefangen aufzuräumen. Sie wissen, dass das hier ein Tatort ist«, Schuhmann macht eine ausholende Handbewegung, die den abgebrannten Bereich umschloss.

»Ich bin nicht dämlich und das hier ist nicht Dummstadt«, kommentierte Ludwig. »Ich habe nichts angerührt.«

Schuhmann nickte.

»Gut so«, sagte er und wandte sich an Richard. »Und wer sind Sie, wenn ich fragen darf?«

Richard trat vor.

»Mein Name ich Richard Kremer, ich bin der Erstgeborene der Toten.«

»Aha«, machte Schuhmann. »Und wo waren Sie, als das Feuer ausbrach?«

»Nicht hier.«

»Geht es etwas genauer?«

»Ich war … unterwegs.«

»Gibt es dafür Zeugen?«

»Nein.«

»Wohnen Sie nicht hier?«

»Nein, ich …«, Richard überlegte kurz und sagte dann. »Mein Wohnsitz ist variabel.«

»Also obdachlos«, sprach der Türmer Klartext.

»Wie kommt's?«, wurde der Kommissar hellhörig. »Warum wohnen Sie nicht in diesem Gehöft«, er machte eine ausladende Handbewegung. »Platz ist ja wohl genug vorhanden.«

»Weil es abgebrannt ist.«

»Wollen Sie witzig sein, junger Mann?«, zeigte sich Schuhmann humorlos. »Dann können Sie ihre Scherze auch gerne auf dem Polizeipräsidium erzählen.«

Richard sah ein, dass es keinen Sinn hatte, den Polizisten zu provozieren und sagte: »Ich habe mich mit meinen Eltern überworfen.«

»Weshalb?«

»Das ist privat.«

»Mord ist nie privat!«

»Mord?«, riefen die Kremerbrüder im Chor. »Jetzt gehen Sie aber zu weit«, ergänzte Richard. Ein seltsames Blitzen erschien in seinen Augen. Schuhmann konnte es nicht richtig deuten. Es sah aus, als wolle er sich auf den Kommissar stürzen.

»Wie würden Sie es nennen, wenn Sie im Schlaf durch eindeutige Brandstiftung ums Leben kämen?«

»Einen Unfall?«

»Ein Unfall heißt Unfall, weil es ein Unfall ist.«

»Hä?«, kommentierte der Türmer den kläglichen Versuch seines Freundes, schlau zu wirken.

Der Kommissar rollte mit den Augen, um die offensichtliche Dummheit der Anwesenden zu verurteilen. Dann erklärte er: »Ein Unfall passiert immer ohne Absicht und hier lag Absicht vor.«

»Ach so«, sagte Heinrich und ließ damit den Kommissar mit seinem Blick verstehen, dass er es besser lassen sollte, klug wirken zu wollen.

Schuhmann sah seinen Fauxpas ein und sagte schnell und besonders staatstragend, um seine Verlegenheit zu überspielen: »Ein Unfall ist auf alle Fälle auszuschließen. Das macht die Sache zu einer sehr delikaten, meine Herren.«

»Ist mein Bruder verdächtig?«, erkundigte sich Richard.

»Im Moment ist so ziemlich jeder verdächtig«, gab Schuhmann zu.

»Wie kommen Sie überhaupt darauf, dass es Brandstiftung war?«

»Durch die Aussagen des hiesigen Feuerwehrkommandanten.«

»Aber es ist nicht offiziell?«, hakte Richard nach.

»Nun, …«, Schuhmann wusste nicht so recht, was er darauf antworten sollte. Er zögerte einen Tick zu lange.

»Wenn Sie keine Beweise haben, besorgen Sie sich welche. Falls nicht, verlassen Sie meinen Grund und Boden.«

»Sie fühlen sich schnell wieder im Schoße der Familie aufgenommen«, bemerkte der Türmer bissig. »Eben noch der Rebell und jetzt schon der Eigentümer. Respekt.«

»Das ist doch ...«, echauffierte sich Richard. Jetzt war er es, der zu viel Spielraum für eine Erwiderung gab.

»... die Wahrheit«, ergänzte Heinrich den Satz und drehte sich auf dem Absatz um.

Hinter sich hörte er, wie Richard Kremer ihn verfluchte und sich vornahm, offiziell Beschwerde einzulegen. Zwischen dem Gemecker des Erstgeborenen hörte der Türmer das stoisch gelangweilte »Jaja« des Kommissars.

Heinrich nutzte die Gelegenheit, die Trümmer des verbrannten Teils des Hofes zu begutachten. Als er im vorderen Teil des Anwesens eintraf, war er überrascht, als er einen Mann in den verkohlten Resten antraf.

»He da!«, rief er ihm zu. »Das ist ein Tatort.«

Der Mann schaute auf. Er war blond, trug einen Kinnbart und hatte wache Augen. Sein rundliches Gesicht war freundlich. Er lächelte den Türmer an und sagte: »Ich weiß«. Dann machte er sich wieder daran, den Brandschutt zu durchwühlen.

»Sie verstehen nicht«, blieb der Türmer beharrlich. »Wenn Sie da weiter drin rumwühlen, werden vielleicht wichtige Beweise vernichtet.«

»Beweise wofür?«

»Wie wäre es mit Mord?«

Der Fremde horchte auf. Er streckte sich zu voller Größe und schien über die Worte des Türmers nachzudenken. Dann sagte er, eher zu sich selbst: »Da könnte was dran sein.« Er rieb sich das Kinn und kletterte aus dem Schutthaufen heraus. Wenig später stand er vor dem Türmer und reichte ihm die Hand.

»Mein Name ist Oliver Göbel, ich bin der Fachmann für Brandstiftung der Florian-Versicherungsgesellschaft. Wenn's brennt, sind wir zur Stelle«, leierte der Mann sein Sprüchlein fröhlich herunter.

Heinrich ergriff mechanisch die dargebotene Hand und schüttelte sie.

»Ich habe Ihren Namen nicht recht verstanden«, hakte Göbel nach, als der Türmer nicht antwortete.

»Ach so«, erwachte Heinrich aus seinem Tagtraum. »Entschuldigen Sie meine Unhöflichkeit. Mein Name ich Henrich

Niemann, ich bin Feuerwehrmann und Berater der Polizei in diesem Fall.«

»Na, dann sind wir ja beide vom Fach«, sagte Göbel und klopfte Heinrich brüderlich auf die Schulter.

»Konnten Sie denn etwas zur Brandursache feststellen?«

»Konnte ich«, bestätigte Göbel.

»Und?«

»Was und?«

»Zu welchem Ergebnis kommen Sie?«

»Die Frage ist doch, zu welchem Ergebnis *Sie* kommen, mein Lieber.«

»Ich verstehe nicht ganz, …«

»Naja, wenn Sie mir sagen, dass es Brandstiftung war, ist alles für mich erledigt. Dann kann ich mir meinen Bericht sparen. Meine Versicherung hält dann die Versicherungssumme erstmal zurück, bis der Schuldige gefunden ist.«

»Aber das ist doch ungerecht.«

Der Mann lachte laut auf.

»Gerecht …«, sagte Göbel. »Gerecht ist nur der Allmächtige, mein Lieber.« Er grinste und ergänzte: »Hier geht es um Geld, Herr Niemann, da gibt es keine Gerechtigkeit. Wenn die Polizei sagt, es war Brandstiftung, dann war es Vorsatz. Bei Vorsatz gibt es immer einen Schuldigen, oder wie wir ihn nennen: Verursacher. Haben wir einen Verursacher des Schadens, haben wir jemanden, der zahlt. In dem Fall zumindest nicht wir.« Göbel grinste, als hätte er soeben erklärt, wie man das Rad erfunden hat. Er breitete zufrieden die Arme aus und rief: »So ist das nun mal.«

»Unsere Ermittlungen sind dahingehend allerdings noch nicht abgeschlossen.«

»Da kann ich helfen«, erwiderte Göbel, immer noch sehr freundlich. »Ich habe nämlich etwas gefunden.«

»So?«, wurde der Türmer hellhörig. »Was denn?«

»Kommen Sie mal mit.«

Göbel ging zurück zu den Trümmern des Wohnhauses. Er führte Heinrich zum Brandherd.

»Sehen Sie, …« Göbel ging in die Hocke und zeigte auf eine Stelle inmitten der Trümmer. »Sehen Sie diesen Aschehaufen?«

Heinrich beugte sich nach vorne und kniff die Augen zusammen. Inmitten des Chaos befand sich ein Aschehaufen, der die Größe eines Fassdeckels hatte. Er war kreisrund ausgebildet und bildete in der Mitte einen kleinen Berg.

»Ein Aschehaufen. In einer Brandstelle.« Der Türmer blieb unbeeindruckt.

Göbel grinste wieder.

»Oberflächlich gesehen, haben Sie recht. Aber bedenken Sie, in welchem Raum wir stehen.«

»Ich verstehe nicht«, sagte der Türmer und schaute sich um. Nach einer Weile kam er zu einem Ergebnis. »Allem Anschein nach ist das hier so etwas wie ein Kühl- oder Vorratsraum gewesen, wenn man sich die Mauern anschaut und die verbliebenen verbannten Regalreste darauf. Hier liegen auch überall Einmachgläser und verkohltes Gemüse.« Er nickte und sagte: »Eindeutig ein Vorratsraum.«

Göbel schaute ihn an, legte den Kopf schief und sagte lächelnd: »Wer macht ein Lagerfeuer in seinem Vorratsraum?«

Schlechte Nachbarschaft

An diesem Abend kam der Türmer mit der Gewissheit zum Dom zurück, in einem Mordfall ermitteln zu dürfen. Er war hin- und hergerissen zwischen einem Hochgefühl und seinem schlechten Gewissen. Er hörte seine Frau Klara schon, wie sie ihm Vorwürfe machen würde, dass er seine Nase nicht schon wieder in Sachen stecken solle, die ihn nichts angingen. Klara war alles andere als begeistert. Sie mochte es gar nicht, wenn er seiner Nebentätigkeit als Polizist nachging. Sie sah nur die Gefahr, in die er sich begab. Heinrich Niemann sah das allerdings differenziert. Er genoss die Abwechslung, die ihm diese aufregende Amtshilfe versprach. Er fühlte sich durch die Unterstützung der Polizei bei den schwierigen Fällen geschmeichelt. Und dass der Polizeipräsident ihn persönlich angefordert hatte, ließ ihn vor Stolz schier überlaufen. Er war wild entschlossen, auch in diesem Fall sein Bestes zu geben.

Er verlor sich noch in seinen Tagträumen, die davon handelten, den nächsten Mörder Dingfest zu machen, als ihn die schrille Stimme des Dompförtners Meinhardt bis ins Mark traf.

»Das biste ja endlich, du Pharisäer«, gellte der Pförtner. Er lehnte an seiner Bude am Fuße des südlichen Eingangs des Frankfurter Kaiserdoms. Er sah nicht gerade fröhlich aus. Irgendwie gestresst.

»Auch dir einen wunderschönen guten Abend«, erwiderte Heinrich freundlich. Er war nicht bereit, sich seine gute Laune durch den missmutigen Knorrkopf Meinhardt zerstören zu lassen. Es konnte nur trivial sein, was er ihm vorzuwerfen hatte. So war es immer.

»Auch dir einen wunderschönen guten Abend«, äffte Meinhardt den Türmer nach. »Dir geb' isch für's Knoddern, du Knallkopp.«

»Warum so forsch«, antwortete Heinrich, noch immer gut gelaunt.

»Weil isch hier dei' Abbeit mache' muss«, jammerte Meinhardt. Neben ihm hockte sein kleiner Hund Goliath und wartete geduldig, bis ihm der Türmer ein Stück Wurst zuwarf, wie er es so oft tat. Heinrich hatte leider nichts dergleichen einstecken, sodass er sich zu dem Hündchen hinunterbeugte und ihm ersatzweise das Köpfchen tätschelte, was dieser mit einem wild wedelten Schwanz quittierte. Als er bemerkte, dass es keine feine Metzgerware zu holen gab, wirkte der Hund ein wenig enttäuscht. Dennoch genoss er die Liebkosungen seines menschlichen Freundes.

»Was ist denn mit deinem Herrchen schon wieder los?«, fragte der Türmer den Hund.

»Red' mit mir, un' nett mit dem Köter«, blaffte Meinhardt. »Isch steh' hier.« Meinhardt schien wirklich wütend zu sein. Um die Situation nicht eskalieren zu lassen, richtete sich Heinrich auf und schaute Meinhardt direkt in die Augen.

»Was ist denn dein Problem, mein Freund?«

»Isch bin net dein Freund«, sagte Meinhardt motzig. »Zumindest net grad«, entschärfte er sofort.

Heinrich wusste, warum der Pförtner so reagierte. Er hatte die Aufgaben des Türmers übernehmen müssen, da dieser ja zurzeit in den Diensten der Frankfurter Polizei stand und deshalb nicht seinen Aufgaben nachgehen konnte. Also sagte er in mitleidigem Tonfall: »Meinhardt, ... ich kann doch auch nichts dafür. Die Abordnung hat der Branddirektor höchstselbst mit dem Polizeipräsidenten vereinbart. Da bin ich machtlos. Selbst wenn ich gewollt hätte, kann ich mich einem Befehl doch nicht wiedersetzen. Das musst du doch verstehen.«

Die Miene des Pförtners nahm daraufhin versöhnliche Züge an. Dennoch zeigte er sich weiterhin beleidigt.

»Isch kann misch doch net zerteile, Herrgottnochemal«, jammerte er. »Isch mach´ hier mei´ Arbeit un´ die´ noch obbedruff. Wie soll'en des gehe? Des is´ unmenschlisch. Nur weil du Polizist spiele´ dust, muss isch hier de´ Hansdampf mache´.«

»Aber es ist doch ein Ersatzmann für mich gekommen«, argumentierte Heinrich. Wohlweislich, dass dieser Ersatzmann lediglich tagsüber auf der Domspitze den menschlichen Feuermelder gab. Dieser junge Kollege, der von der Wache aus der Münzgasse auf den Turm beordert wurde, hatte lediglich die

Aufgabe, Ausschau zu halten, ob etwas in der Stadt brannte und die Sturmglocke zu kontrollieren. Die weiteren Aufgaben, wie die Kontrolle der Eintrittskarten, die Revision des Kirchendaches und die Führung von Besuchergruppen durch den Dom, konnte der unerfahrene Kollege natürlich nicht wahrnehmen. Diese Arbeiten blieben nun am Pförtner hängen. Das schmeckte diesem natürlich gar nicht, musste er dafür doch seinen geruhsamen Posten in seiner geliebten Pförtnerbude dafür vernachlässigen.

»Wie soll isch denn Karte verkaufe, die ach noch kontrolliern und die Leut‘ dorsch die Kersch führn? Un‘ dann soll isch ach noch gucke, ob des Dach nett kaputt is‘. Wie soll‘n des gehe?«

»Meinhardt, du hast mein vollstes Mitleid. Ich werde mit dem Pfarrer gleich morgen früh reden, ob du nicht eine helfende Hand zur Seite bekommst. Was hältst du davon?«

Meinhardt, der sich auf ein längeres Streitgespräch eingestellt hatte, holte tief Luft, um seinem angestauten Groll Platz zu verschaffen, bemerkte dann aber, dass dies nun nicht mehr ging.

»Des wollt‘ isch ach grad‘ vorschlache«, sagte er deshalb wenig überzeugend. »Des is ja wohl des Mindeste.«

»Seh‘ ich genauso, mein Freund«, stimmte der Türmer zu und machte sich an den Aufstieg in seine Wohnung auf siebzig Metern Höhe.

Der darauffolgende Tag schickte sich an, ein wunderschöner seiner Art zu werden. Die Sonne schien schon bei ihrem rostroten Aufgangsszenario majestätisch über der Stadt. Geradeso als wolle sie zeigen, wie klein doch die Menschen im Vergleich zu ihrer imposanten Erscheinung sind. Heinrich genoss auf der Aussichtplattform des Doms seinen morgendlichen Kaffee, den ihm Klara frisch aufgebrüht hatte. Sie hatte die neuerliche Polizeiarbeit ihres Mannes mit keiner Silbe erwähnt. Das machte es aber nicht besser. Denn der Türmer wusste um die Meinung seiner Frau. Jetzt wünschte er sich geradezu, dass sie mit ihm schimpfen würde. Er bemerkte schon, dass es ihr alles andere als recht war, dass er sich schon wieder in Gefahr begab. Sie sagte aber nichts dazu. Das musste sie auch nicht. Sie wusste genau, dass er wusste, wie sie darüber dachte. Mit einem handfesten

Streit hätte er umgehen können, aber diese unterschwellige Vorwurfshaltung, die sie an den Tag legte, ließ ihn nicht los. Gegen die Waffen der Frauen wird wohl nie ein Kraut gewachsen sein.

Nachdem er sein Frühstück schweigend zu sich genommen hatte, verabschiedete er sich von Klara und machte sich an den Abstieg vom Turm. Als er wenige Minuten später am Fuß des Doms angekommen war, sprang ihn Meinhardt sofort an.

»Morsche, Heini«, rief er. »Denk' dra', mim Parrer zu schwätze, wesche dere Verschtärkung.«

»Mach' ich«, antwortete der Türmer versprechend und eilte in Richtung Polizeipräsidium davon.

Als er an der Neuen Zeil eintraf, bemerkte er schon die ungewöhnliche Betriebsamkeit in den Gemäuern des Polizeihauptquartiers. Er betrat Augenblicke später die Amtsstube Gerhards.

»Was ist denn da draußen los?«, wunderte sich der Türmer, nachdem er seinen Freund begrüßt hatte.

»Sie haben noch eine Leiche in Eschersheim gefunden«, klärte ihn der Kommissar auf.

»Na und?«, fragte der Türmer. »Das kommt schon mal vor. Warum dann die Aufregung?«

»Es handelt sich um die Nachbarin der Kremers.«

In Eschersheim herrschte Ausnahmezustand. Überall liefen Polizisten herum. Fast die gesamte Bevölkerung stand in den Vorgärten und Plätzen, um über den zweiten Leichenfund innerhalb einer Woche zu fabulieren. Die Polizisten gingen von Haus zu Haus, um Informationen zu sammeln und Zeugen zu suchen. Es lag eine seltsam gedrückte Stimmung in der Luft. Auch Kommissar Schuhmann und der Türmer trafen im Laufe des Vormittags vor Ort ein, um mitzuhelfen.

»Wir reden am besten erst einmal mit dem Ehemann der Toten.«

»Wie heißt denn die Tote?«, wollte Heinrich wissen.

»Ihr Name ist, … oder war … oder wie auch immer … Gisela Reimann.«

Der Türmer nickte.
»Warum fragst du?«
»Also ich bitte dich, Gerhard«, schimpfte der Türmer. »Man sollte schon wissen, über wen man da redet.«
»Du hättest eigentlich nicht mitkommen müssen«, wehrte der Kommissar ab. »Du ermittelst in der Brandsache. Das hier ist was anderes.«
»Da bin ich anderer Meinung«, beharrte der Türmer.
Schuhmann schenkte seinem Freund einen fragenden Blick.
»Naja …«, sah sich der Türmer in Erklärungsnot. »Überleg' doch mal. Wir finden in der Asche eines niedergebrannten Hauses zwei Leichen. Wir stellen darüber hinaus zweifelsfrei fest, dass es sich um Brandstiftung und damit um Mord handelt. Und keine zwei Tage später, stirbt die Nachbarin eines gewaltsamen Todes. Ich denke, dass beide Fälle zusammengehören.«
»Das denke ich doch auch. Ganz so doof bin ich dann auch nicht«, erwiderte der Kommissar. »Allerdings bin ich der Meinung, dass dein Auftrag mit der Feststellung, ob es sich um Brandstiftung handelte oder nicht, erledigt ist.«
Der Türmer blieb stehen und brachte seinen Freund mit einem Griff an den Arm ebenfalls zum Anhalten. Sie standen sich jetzt Aug‘ in Aug‘ gegenüber.
»Was ist dein Problem?«, wollte der Türmer wissen.
»Was meinst du?«
»Du bist von Anfang an gegen meine Anwesenheit bei dieser Sache. Ich habe mich nicht aufgedrängt, vergiss das nicht. Es war Herr Rieß von Scheuerschloss, nebenbei dein Präsident, der mich zu diesem Fall hinzugezogen hat. Und ich habe die Abordnung von meinem Branddirektor erhalten, um in diesem Fall zu beraten. Warum willst du mich jetzt ausgrenzen?«
Der Kommissar wirkte betroffen. Man sah ihm an, dass er mit der Wahrheit nicht herausrücken wollte. Zögerlich antwortete er: »Es … ich … verdammt. Es stinkt mir, dass mir ein Laie an die Seite gestellt wird, obwohl ich den Fall auch alleine in den Griff bekommen hätte. Ich bin ein erfahrener Polizist und habe die

beste Aufklärungsrate im gesamten Präsidium. Ich kann das alleine.«

»Sag‘ bloß, du bist in deinem Stolz gekränkt, weil dir ein dummer Feuerwehrmann unter die Arme greifen soll?«

»Das habe ich nicht gesagt.«

»Eigentlich schon, nur mit anderen Worten.«

Schuhmann kämpfte mit sich. Sein Gesicht zuckte unkontrolliert.

»Sag‘ es schon«, rief der Türmer. »Sag‘ doch, dass es dir stinkt, einen Kerl wie ich, der zufällig bei ein paar deiner Fälle mitgeholfen hat und durch reines Glück die Fälle gelöst hat, zum Ermittler ehrenhalber ernannt wurde und du und deine Erfolge und dein Fachwissen damit abgewertet werden.«

»So ist es nicht …«, wehrte sich Schuhmann.

»Gerhard«, sagte der Türmer ruhig. »Unsere Freundschaft ist mir wichtiger als jeder noch so interessante Mordfall. Ich will nicht, dass das zwischen uns steht und wir uns am Ende zerstreiten. Du bist in deinem Stolz gekränkt, das sehe ich doch. Ich werde noch heute um meine Rückversetzung bitten.«

Der Türmer ging weiter. Schuhmann blieb eine Weile betröppelt stehen. Dann rief er seinem Freund hinterher: »Heinrich, jetzt warte doch mal.« Der Kommissar holte den Türmer mit ein paar schnellen Schritten ein und hielt ihn nun seinerseits am Arm fest.

»Es tut mir leid«, sagte er. »Du hast Recht.«

Der Türmer schwieg.

»Versteh‘ mich doch«, sprach der Kommissar weiter. »Ich habe die Polizei von der Pike auf gelernt. Ich habe Jahre dafür gebraucht, um dahin zu kommen, wo ich heute stehe. Da ist ein wenig Unmut doch verständlich.«

»Schon«, pflichtete der Türmer schmallippig bei. »Aber ich dachte, wir wären Freunde.«

»Sind wir doch auch.«

»Scheinbar nicht. Freunde können Gönnen.«

»Ach, hör‘ doch auf damit«, sagte Schuhmann und warf die Hände in die Luft. »Ich bin auch nur ein Mensch. Da kann man mal ein wenig falsch reagieren.« Er packte seinen Freund mit beiden Händen an den Ellbogen und sagte: »Ich bin froh, dass du mir zur Seite stehst.«

»Davon merke ich aber nichts.«

»Ich weiß auch nicht, warum ich so reagiere. Es tut mir leid. Ich werde dich ab sofort als vollwertiges Mitglied meiner Ermittlungsmannschaft akzeptieren.«

Der Türmer zog skeptisch eine Braue nach oben.

»Vollwertig?«, fragte er.

»Vollwertig«, bestätigte Schuhmann.

»Und gleichberechtigt?«

»Und …«, Schuhmann stockte. »Nein, ich bin der leitende Kommissar und du …«

» … ich bin dein Berater.«

»Genau.«

»Kein Gezicke mehr?«

»Kein Gezicke mehr!«

»In Ordnung«, sagte der Türmer. »Hand drauf.«

Der Türmer hielt dem Kommissar die Hand hin und der schlug ein.

»Dann sind wir uns ja einig«, beschloss der Türmer. »Wo ist jetzt der Fundort der Leiche?«

»Unten an der Nidda«, sagte Schuhmann, jetzt sichtlich erleichtert. »Aber das wird kein schöner Anblick.«

Als die beiden Ermittler am Niddaufer eintrafen, waren bereits etliche Kollegen der Polizei vor Ort. Kommissar Schuhmann ließ sich von einem der Männer ins Bild setzten.

»Und wir sind sicher, dass es sich bei der Frau um Gisela Reimann handelt?«, fragte er.

»Absolut sicher«, zeigte sich der Kollege selbstbewusst. »Ihr Mann hat sie bereits zweifelsfrei identifiziert.«

»Wo ist der Mann?«

»Wir haben ihn nach Hause gebracht«, sagte der Kollege. »Ihm war nicht so ganz wohl bei dem Anblick seiner Frau.«

»Verständlicherweise«, kommentierte der Türmer.

»Wir reden später mit ihm«, beschloss Schuhmann und machte sich zusammen mit dem Türmer auf den Weg zu dem genauen

Fundort der Leiche. Sie lag an der Böschung des Flusses, der Eschersheim von Heddernheim trennte. Die Leiche lag am Eschersheimer Ufer. Der Tatort war bereits ausgiebig auf Spuren untersucht worden, sodass sie nicht Gefahr liefen, Spuren zu verwischen oder gar zu vernichten. Die Frau lag immer noch unverändert dort. Man wollte erst abwarten, bis Kommissar Schuhmann den Tatort besichtigt hatte, bevor man sie wegbrachte. Schuhmann hielt einige Schritte Abstand, um sich zuerst einen Gesamtüberblick zu verschaffen. Heinrich hielt sich bewusst hinter seinem Freund, um nicht im Weg zu stehen, schaute sich aber ebenfalls aufmerksam um.

Schuhmann nickte nach einer Weile und näherte sich dann vorsichtig der Leiche. Dabei achtete er genau auf seine Schritte, um am steilen Hang nicht ins Rutschen zu kommen. Dann stellte er sich mit dem Rücken zur Toten und schaute sich die Umgebung noch einmal genauer an. Er runzelte die Stirn, zog seine Brauen hoch und nickte nachdenklich. Er wechselte seine Position und wiederholte die Prozedur. Heinrich stand daneben und beobachtete seinen Freund bei der Arbeit, ohne zu wissen, was er dabei zu tun hatte. Er musste sich eingestehen, dass er nicht den Hauch einer Ahnung hatte, wonach er Ausschau halten sollte.

Nach weiteren Minuten, in denen Gerhard schweigend und nachdenklich den Tatort inspizierte, kletterte er wieder, gefolgt vom Türmer, nach oben auf den Gehweg und zog seine Schlüsse.

»Sie ist nicht hier ermordet worden, soviel steht fest«, resümierte er.

»Was macht dich so sicher?«, wollte der Türmer wissen, der froh war, dass der Kommissar endlich wieder sprach.

»Sie wurde erschlagen«, erklärte er. »Das sieht man an der Wunde an ihrem Kopf.«

»Aha.«

»Allerdings ist zu wenig Blut am Tatort, als dass man davon ausgehen könnte, dass es dort unten passiert ist.«

»Aha.«

»Außerdem sieht man sehr deutlich, dass sie durch das Gebüsch dort drüben geworfen wurde.« Er zeigte auf die

Uferbepflanzung, die tatsächlich niedergedrückt war. »Demnach gehe ich davon aus, dass man sie irgendwo ermordet und dann hier abgeworfen hat.«

»Aha.«

»Entweder wurde sie mit einem Wagen hierher gebracht oder getragen.« Er schaute sich auf dem Gehweg um. »Gut, dass es gestern geregnet hat.«

»Wieso?«

»Weil wir dann Spuren finden müssten, falls sie mit einem Karren oder Ähnlichem hierher gebracht wurde.«

Der Türmer hielt unwillkürlich auf dem Boden nach Spuren Ausschau.

»Also, ich kann keine Spuren von Rädern erkennen.«

»Genau«, bestätigte der Kommissar. »Weshalb wir davon ausgehen können, dass sie hierher getragen wurde.«

»Ist das wichtig?«

Der Kommissar schaute seinen Freund tadelnd an.

»Selbstverständlich«, sagte er dann gewichtig. »Wir können daraus schließen, dass der Mörder entweder kräftig genug war, sie hierher zu tragen, oder …«

» … das sie zu zweit waren«, ergänzte der Türmer.

Der Kommissar schaute Heinrich anerkennend an und sagte: »Sehr gut, Heini. Vielleicht bist du ja doch nicht so nutzlos wie ich dachte.«

Der Türmer grinste breit und verbiss sich einen Kommentar. Stattdessen fragte er: »Aber wo ist die Verbindung zur Brandstiftung?«

»Ich habe da so eine Vermutung.«

Am Vorabend

Gisela Reimann hatte den ganzen Tag über die Geschehnisse auf dem Kremerhof beobachtet. Sie hatte gesehen, wie Richard aufgetaucht war und wie die Polizei alles durchsucht hatte. Sie hatte auch mitbekommen, dass die Polizei nicht wirklich sicher war, ob es Brandstiftung war oder doch nur ein Unglück. Alles in Allem war sie zufrieden damit, wie sich die Dinge entwickelten. Auch wenn es Hinweise gab, dass der Brand absichtlich gelegt wurde, so hatte man doch keine Beweise finden können. Ein bloßer Verdacht würde vor Gericht nicht genügen. Wenn man einen Zeugen hätte, der gesehen hat, wie Ludwig kurz vor dem Brand das Haus verlassen hat, wäre das etwas anderes. Ihre Position war ausgezeichnet. Schon bald würde sie in einer anderen Stadt neu anfangen können, weit weg von dem Mief, den ihr Gefängnis verbreitete. Sie würde diesen stinkenden Hof mit seinen ebenso stinkenden Bewohnern verlassen. Und das mit so viel Geld in der Tasche, dass sie bequem ein paar Jahre leben konnte, ohne einen Finger zu krümmen. Sie malte sich aus, wie sie sich in die höheren Kreise einkaufen und alsbald einen so reichen Mann finden würde, dass sie endlich das Leben führen konnte, das sie verdiente. Mit ihrer Schönheit würde sie nur mit dem Finger schnippen müssen und schon würden die gut betuchten Freier um sie schwirren wie die Fliegen um den elenden Misthaufen in ihrem Hof. Mit einem diabolischen Grinsen im Gesicht stand sie hinter dem Fenster und wartete auf die Dunkelheit. Als es endlich soweit war, schlich sie sich davon, um sich mit Ludwig zu treffen und endlich zur Sache zu kommen. Ihr Mann Albrecht schlief tief und fest im ehelichen Bett und ahnte nichts.

Sie war vorsichtig. Wenn sie von den neugierigen Nachbarn beobachtet wurde, wie sie den Hof der Kremers zu dieser späten Stunde betrat, könnte ihr schöner Plan den Bach runter gehen. Deshalb lief sie am vorderen Eingang vorbei und schlug sich durch die Büsche zum hinteren Teil des Hofes, wo Ludwig in seiner Hütte sein würde. Selbst wenn Richard ebenfalls in der Hütte wäre, würde ihr Plan gelingen. Sie würde sich das

Schweigen der Kremers teuer erkaufen. Wenn Richard dabei war, umso besser.

Zu stark war ihr Gedanke an die vor ihr liegende Zukunft in einer besseren Welt.

Als sie sicher war, von niemandem aus der Nachbarschaft gesehen werden zu können, klopfte sie leise an die Tür der Hütte. Sekunden später flog die Tür auf und sie wurde unsanft hineingezogen. Das Letzte, was sie sah, war ein schmaler Schatten, der mit hoher Geschwindigkeit auf sie zuraste.

Hintergründe

Die Leiche wurde abgeholt und zur Untersuchung in die Gerichtsmedizin gebracht.

»Sollten wir nicht mit ihrem Mann sprechen?«, fragte der Türmer den Kommissar.

Der seufzte und sagte: »Bleibt uns wohl nichts anderes übrig. Das wird nicht lustig.«

Der Kommissar sollte Recht behalten, als die beiden Freunde wenig später bei Albrecht Reimann eintrafen. Der Nachbar der Kremers stand im Hof seines Anwesens und wirkte entrückt. Als er die beiden Offiziellen sah, wurde sein Gesicht von Hoffnung durchzuckt, dass es durch irgendeinen dummen Zufall doch nicht seine Frau war, die da unten an der Nidda gefunden wurde und die er noch vor wenigen Stunden als seine Angetraute und Mutter seiner Kinder identifiziert hatte.

»Ich möchte Ihnen mein tiefstes Beileid aussprechen, Herr Reimann«, eröffnete Schuhmann mit Trauermiene. Dem großen Mann, der ein wettergegerbtes Gesicht hatte, schoss sofort das Wasser in die braunen traurigen Augen.

»Was soll isch denn jetz´ mache?«, jammerte er. »Isch bin doch völlisch uffgeschmisse ohne mei´ Gisela?«

Schuhmann entging nicht, dass die junge Frau, die neben Reimann stand, die Augenbrauen zweifelnd hob. Er vermerkte sich, dass er mit der Frau noch unbedingt reden musste.

»Was e´ elendisch Woch´«, fuhr Reimann fort. »Erst brennt de´ Hof von de´ Nachbarn ab, un´ jetz´ des. Des wird mir zu viel.«

Reimann drehte sich um und ging gebeugt zu seinem Haus.

»Herr Reimann«, rief ihm der Kommissar nach. »Ich hätte da noch ein paar Fragen an Sie, …«

»Lass mer die Ruh'«, sagte der Bauer im davongehen, ohne sich umzudrehen. Wenig später war er im Haus verschwunden.

»Lassen Sie ihn«, sagte die junge Frau, die neben ihnen gestanden hatte. »Kommen Sie morgen wieder, bis dahin habe ich ihn hinbekommen.«

Schuhmann sah die Frau an. Sie war hübsch auf subtile Weise, aber unscheinbar. Sie trug eine Haube und ein schmutzig braunes

Kleid aus grober Wolle, fast wie ein Kartoffelsack. An ihren Füßen waren Holzschuhe. Dreckige Füße ohne Strümpfe steckten darin. Ihr Haar war zerzaust, ragte überall aus der Haube und umspielte neckisch ihr verdrecktes Gesicht.

Der Kommissar musterte sie und nickte dann wortlos.

Am Abend kehrte der Türmer wieder zurück zum Dom. Er war müde. Sie hatten den Rest des Tages damit verbracht, nach Spuren zu suchen, die den Mörder der Reimann überführen könnten. Leider hatten sie nicht viel vorzuweisen. Allerdings blieb dem Türmer der seltsame Zufall, dass gleich zwei Tragödien innerhalb kürzester Zeit in unmittelbarer Nähe geschehen sind, nicht verborgen. Er hatte darüber schon mit Schuhmann gesprochen, der ebenfalls einen Zusammenhang sah, ihn aber noch nicht benennen konnte. Aber eines war klar: Zwei Morde in unmittelbarer Nachbarschaft nur wenige Tage zeitlich auseinander mussten einen Zusammenhang haben.

»Da biste ja endlisch«, riss Meinhardt den Türmer aus seinen Gedanken. An seiner Seite hockte Goliath und legte den Kopf erwartungsfroh schief. »Haste mim Parrer gered′?«

Dem Türmer fiel sein Versprechen vom Vormittag ein.

»Noch nicht«, gab er ohne anzuhalten zu. Er wollte so schnell wie möglich am Pförtner vorbei.

»Isch werd′ hier wahnsinnisch, Heini«, rief dieser ihm nach. »Wie soll'n isch des alles hiekrieje?«

»Das schaffst du schon«, ermutigte der Türmer seinen Kollegen und ging durch die Stahltür nach oben in seine Wohnung. Meinhardt blieb überarbeitet, hilflos und der Verzweiflung nahe zurück.

Tags darauf trafen sich die Beteiligten in der Eschersheimer Verbrechensserie in der Amtsstube Schuhmanns. Anwesend waren neben Kommissar Schuhmann der Berater Heinrich Niemann, der Hilfspolizist Matthias Richter, der Dezernatsleiter Horst Rosenbaum und ein neues Gesicht, das der Türmer bisher nicht kannte. Der neue Mann wurde ihm als Klaus Pförtner vorgestellt. Ein junger, aufstrebender Staatsanwalt, wie sich herausstellte. Pförtner, der von der Staatsanwaltschaft geschickt wurde, um die Ermittler zu unterstützen, war schlank, recht groß, trug einen gepflegten Oberlippenbart, wie er derzeit in Mode war und hatte dichtes Haar. Sein Gesicht zeigte eine gewisse Strenge, was für einen Staatsanwalt sicherlich von Vorteil war. Wenn man aber genau hinsah, konnte man eine gewisse Ironie in seinem Blick finden. Diese Mischung aus Strenge und Sympathie ließ seine Anwesenheit angenehm erscheinen. Als er sprach, hörte er sich an, als sei er gerade im Stimmbruch. Ein leichtes Reiben lag auf seinen Stimmbändern.

»Guten Morgen«, sagte er zum Türmer und reichte ihm die Hand. »Ich bin Staatsanwalt Pförtner und wurde der Ermittlungsgruppe zugeteilt.«

»Sehr erfreut«, antwortete Henrich und stellte sich seinerseits vor. Dann nickte er zum Gruß in die Runde, wobei ihm sofort auffiel, dass Schuhmann schlechte Laune hatte. Heinrich konnte sich denken, warum, verzichtete aber auf eine Bestätigung. Die würde er später ohnehin bekommen.

»Da wir jetzt alle vollzählig sind, können wir ja auch anfangen«, sagte Rosenbaum und klatschte zum Aufbruch in die Hände. »Herr Schuhmann, warum fassen Sie nicht die Ermittlungsergebnisse zusammen, damit wir alle auf einem Stand sind?«

»Gerne«, brummte Schuhmann und fing alles andere als gerne an zu reden. »Wir haben eine vermutliche Brandstiftung mit Todesfolge beim Kremerhof in Eschersheim und eine tote Nachbarin des Kremershofes. Soweit die Fakten. Alles andere ist ab jetzt Spekulation.«

»Danke für den Hinweis«, motzte Rosenbaum, den die schlechte Laune seines Untergebenen nicht verborgen blieb. »Ich setze dann hier mal ein.«

Diese erneute Zurückweisung schlug Schuhmann noch weiter aufs Gemüt. Er setzte sich auf einen Stuhl und verschränkte die Arme vor der Brust. Heinrich nahm sich vor, bei passender Gelegenheit mit Schuhmann ein klärendes Gespräch zu führen. Doch jetzt war Rosenbaums Bericht wichtiger.

»Wir gehen davon aus, dass der Brand bei den Kremers und der Mord an Gisela Reimann im Zusammenhang stehen.«

»Und warum?«, blaffte Schuhmann dazwischen.

Rosenbaum holte tief Luft und rollte mit den Augen. So wie sich die Sache darstellte, hatten Rosenbaum und Schuhmann bereits eine Kontroverse über dieses Thema ausgestanden.

»Wie ich Ihnen schon heute Morgen sagte, geht meine Theorie davon aus, dass derjenige, der den Kremerhof angezündet hat, auch der Mörder von Gisela Reimann sein kann, da sie als Zeugin infrage kommt und aus dem Weg geräumt werden musste. Ich nehme an, dass sie etwas wusste, was den Brandstifter entlarven könnte und deshalb sterben musste.«

»Es kommen viele Motive infrage, wie zum Beispiel Eifersucht oder andere Verbrechen aus Leidenschaft. Sie war ja im Dorf hinlänglich bekannt dafür, an anderen Tischen zu speisen, wenn ich das mal so sagen darf. Vielleicht sollten wir mal die gehörnten Weiber von Eschersheim vernehmen.«

»Was wir auch tun werden, Herr Schuhmann. Aber wir werden auch in Betracht ziehen, dass Frau Reimann in der Brandsache als weiteres Opfer zu sehen ist. Deshalb werden beide Fälle wie ein einziger behandelt und von Ihrer Gruppe ermittelt.«

»Hmmph«, machte Schuhmann und schwieg ansonsten.

»Hat man denn jetzt mittlerweile mal mit dem Ludwig Kremer ein ausführliches Gespräch geführt?«, mischte sich der Staatsanwalt ein. »Immerhin profitiert er am meisten vom Tod seiner Eltern.«

»Das geschieht heute Vormittag«, versprach Rosenbaum.

Pförtner nickte zufrieden.

»Wäre es nicht gut, wenn wir vor dem Gespräch Kremers Aktenlage noch einmal genauestens studieren?«, schlug der Türmer vor.

»Das habe ich schon getan«, sprang Richter dazwischen und schaute erwartungsfroh in die Runde. Als er nicht sprach, bedeutete Rosenbaum ihm mit einer ungeduldigen Geste fortzufahren.

»Also ...«, begann der schmale Hilfspolizist mit dem norddeutschen Akzent und leichtem Lispeln und rückte seine

Lesebrille zurecht. Da legte er mit seiner hohen Stimme im Stakkato los: »Die Familie Kremer ist seit Menschengedenken in Eschersheim ansässig, die jetzt verstorbenen Eheleute Erna und Herbert Kremer. Die Ehe der beiden brachte drei Kinder hervor. Diese sind in der Reihenfolge ihrer Geburt: Richard, Ludwig und Greta. Allein Ludwig lebt noch auf dem elterlichen Gehöft. Richard ist wohl vor einigen Jahren ausgezogen, um sein Glück in einer anderen Stadt zu suchen. Laut nachbarschaftlichen Berichten schloss er sich fahrendem Volk an. Der Wahrheitsgehalt tendiert gegen Null, da man ja weiß, was Nachbarn so alles interpretieren. Fakt ist, er wohnte seit einigen Jahren nicht mehr in Eschersheim. Unbestätigten Berichten zufolge, kam es des Öfteren zum Streit zwischen Richard und dem Vater. Dies haben mehrere Nachbarn unabhängig voneinander berichtet und somit ist diese Information als relativ gesichert einzustufen. Hier könnte man einen Ermittlungsansatz finden.«

Richter machte eine Pause und nahm einen Schluck Wasser zu sich. Dann fuhr er fort.

»Über den Verbleib der Schwester gibt es verschiedene Theorien. Einige behaupten, sie sei in einer Klinik für hysterische Frauen, andere wiederum sagen, sie sei mit einem Durchreisenden mitgezogen und wieder andere sind sicher, sie sei tot oder zumindest verschollen. Auffällig war, dass alle Befragten die ausgesprochene Schönheit der Greta erwähnten. Das tut zwar nichts zur Sache, sollte aber der Vollständigkeit halber erwähnt werden. Details über ihren Verbleib sollten sich durch die Befragung des Ludwig herausfinden. Wenn wir schon bei ihm sind: Ludwig ist der Einzige, der es auf dem Hof ausgehalten hat. Wie mehrfach berichtet wurde, war er wohl, wie auch der verstorbene Herbert Kremer, dem Alkohol nicht abträglich und auch sonst kein netter Mensch. Es war schon erstaunlich, wie schlecht die beiden Männer bei den Nachbarn im Rufe standen. Erna hingegen war bemitleidenswert. Sie ertrug die Eskapaden des Mannes stoisch und war bei der Nachbarschaft relativ beliebt. Sie wurde jedoch als sehr zurückgezogen beschrieben. Sie schien sich in ihr Schicksal ergeben zu haben. Die finanzielle Situation des Hofes war wohl ausreichend, wenn auch nicht üppig. Schulden kommen also als Motiv nicht infrage. Zumindest keine, von denen wir wissen könnten. Ob einer der Bewohner dem Glückspiel verfallen war, ist uns nicht bekannt. Wenn es auch hin und wieder Ärger mit dem Hofbesitzer im Ort gab, war jedoch kein Mordmotiv erkennbar. Das Übliche halt, ... mal hier ein kleiner Disput oder eine politische Diskussion im Suff mit ein paar Backpfeifen. Alles eher harmlos. Wie es halt vorkommt, wenn man betrunken ist.«

Als Richter endete, trat Schwiegen ein. Jeder im Raum versuchte, die Informationen zu verarbeiten.

»Gute Arbeit, Richter«, lobte Rosenbaum. Richter nickte. Noch vor wenigen Jahren hätte ein solches Lob die Hoffnung auf eine Beförderung befeuert. Doch dieses Feuer war schon lange erloschen.

Gerade als man das weitere Vorgehen besprechen wollte, flog die Tür auf und ein abgehetzter uniformierter Polizist betrat den Raum. Aufgeregt rief er: »In Eschersheim hat es schon wieder gebrannt!«

Angst

Man eilte nach Eschersheim, um zu sehen, was geschehen war. Als man eintraf, rauchte die Brandruine noch. Vereinzelt stapften Feuerwehrleute durch die Trümmer und suchten nach Glutnestern, die sie ablöschten. Schuhmann suchte und fand Adolf Häger, den Feuerwehrkommandanten und sprach ihn an.

»Wem gehört das Haus?«, wollte Schuhmann wissen.

»Eduard Schröder.«

»Können Sie schon etwas über die Brandursache sagen?«, wollte der Kommissar wissen.

»Uff alle Fälle Brandstiftung«, erwiderte Häger. »Da geht en Feuerteufel um.«

»Was macht Sie da so sicher?«

»Es Gleische wie beim Kremerhof. Widder so en Stapel Holz uffgeschacht´ un´ a'gezünd´.«

»Aha.«

»Der arme Kerl.«

»Wer?«

»Na, der Lehrer Schröder.«

»Ja, tragisch«, gab Schuhmann zu. »Aber man kann das Haus ja wieder aufbauen.«

»Ach«, machte Häger. »Des wisse Sie noch gar net.«

»Was?«

»Der is´ noch da drin.«

Schuhmanns Blick fiel auf das völlig zerstörte Haus. Nur noch wenig der Grundmauern stand aufrecht. Alles andere war zerstört und lag kreuz und quer in dem Quadrat, in dem einst das Haus stand.

»Die Frage, ob er überlebt hat, schenke ich mir dann wohl.«

Staatsanwalt Pförtner, der mitgekommen war, stand nachdenklich vor dem abgebrannten Haus und sagte: »Ich hoffe, das hat nichts mit dem Kremerbrand zu tun.«

»Ausschließen können wir es nicht.«

»Dann haben wir es hier mit einem Serientäter zu tun.«

Schuhmann, der Türmer und der Staatsanwalt standen in einer Reihe nebeneinander, starrten in die rauchenden Trümmer und hatten keine Ahnung, wie sie der Situation Herr werden sollten.

Kaum hatte sich der neuerliche Brandanschlag herumgesprochen, drängten die Bürger Eschersheims auf eine Versammlung in der Kirche des Ortes. Hier wollte man darüber beraten, wie man dem Feuerteufel habhaft werden könnte. Schnell war man sich einig, nächtliche Patrouillen zu installieren. Auch waren sich alle einig, dass man sich bewaffnen und die Augen offen halten solle. Die Stimmung war aufgeladen und angriffslustig. Man war fest entschlossen, sich nicht das Dorf niederbrennen zu lassen. Wenn die Polizei das nicht hinbekam, würde man eben selbst für Schutz sorgen. Ab dieser Nacht würden acht tapfere Eschersheimer das Dorf durchstreifen, um den Feuerteufel zu schnappen.

Es wurde langsam ziemlich viel, was da auf den Kommissar einprasselte. Zwei Brandstiftungen mit Todesopfern, ein Mord und der Beginn einer Serie, die weitere Kapitalverbrechen in Aussicht stellte.

»Bist du jetzt nicht froh, Hilfe zu haben?«, fragte deshalb der Türmer den Kommissar, als sie sich auf den Weg zu Ludwig Kremer machten.

»Ja«, gab sich Schuhmann einsilbig.

»Aber …?«

»Ich fühle mich zurückgesetzt, wenn mir ständig ein anderes Kindermädchen zugeteilt wird.«

»Du meinst den Staatsanwalt?«

»Genau«, bestätigte Schuhmann. »Erst du, dann noch der Staatsanwalt. Vielleicht fragen sie demnächst noch meine Mutter, ob sie mir nicht bei meiner Arbeit Händchen halten kann.«

»Deine Mutter lebt in München«, bemerkte der Türmer trocken. »Das wäre ziemlich unwahrscheinlich.«

»Du weißt, was ich meine«, fuhr Schuhmann auf. »Ich bekomme das schon hin.«

»Alleine?«

»Ja …, nein …, ach, ich weiß nicht!«

»Du bist beleidigt, weil du denkst, dass dein Vorgesetzter dir nicht zutraut, den Fall allein zu lösen. Richtig?«

»Ja.«

»Ich glaube nicht, dass Rosenbaum deshalb Hilfe von außen zulässt. Ich glaube eher, dass er selbst gehörig unter Druck steht und deshalb alles dafür tut, dass der Fall schnellstmöglich gelöst wird.«

»Vermutlich hast du Recht.«

»Also, dann reiß dich jetzt zusammen und lass uns den Feuerteufel schnappen. Das kannst du gar nicht alleine hinbekommen. Es wächst dir eher über den Kopf. Du musst delegieren und strukturieren.« Der Türmer machte eine kurze Pause. Dann fuhr er auf: »Warum muss ich dir denn erklären, wie du deine Arbeit zu machen hast? Was ist nur los mir dir?«

Kommissar Schuhmann schwieg und starrte auf den Boden vor sich. Er schien kurz davor zu stehen, zu weinen. Heinrich war fassungslos.

»Was zum Teufel ist nur mit dir los?«, blaffte er wenig sensibel. »Du bist gereizt wie eine Frau auf dem Wochenbett. Ständig nörgelst du an allem und jedem herum, bist unkonzentriert und schikanierst deine Umwelt. Was soll das alles?«

»Nichts«, keifte Schuhmann zurück. »Lass mich in Ruhe«, sagte der Kommissar und ging. Der Türmer blieb ratlos zurück.

Es dauerte eine Weile, bis der Türmer seinen Freund eingeholt hatte. Er wollte sich bei seinem Freund für die harten Worte entschuldigen, doch Schuhmann wehrte ab: »Vergiss es«, sagte er nur. »Wir haben eine Mordserie aufzuklären.«

»Schön«, antwortete der Türmer. Er war beleidigt, dass sich sein bester Freund vor ihm verschloss. Dennoch musste die Arbeit weiter gehen. »Was machen wir als nächstes?«

»Wir reden nochmal mit den Kremers, da sind noch ein paar Fragen offen.«

Gemeinsam gingen sie zum Kremerhof, der unweit der neuerlichen Brandstelle lag. Auf dem Weg dorthin begegneten sie Marius Keppler, dem Eschersheimer Polizisten.

»Gut, dass ich Sie treffe«, rief er erleichtert, als er die beiden sah. »Wir haben ein Problem.«

»Als hätte ich nicht genug Probleme«, murmelte Schuhmann.

»Bitte?«

»Nichts! Was gibt's?«

»Die Bürger Eschersheims werden langsam unruhig. Man wirft uns Untätigkeit und Unfähigkeit vor. Man hat eine Bürgerwehr gegründet.«

»Davon haben wir gehört.«

»Vier Morde in einer Woche sind ein wenig viel für dieses kleine Dorf.«

»Vier Morde sind für jedes Dorf zu viel«, kommentierte der Türmer.

»Wir müssen etwas tun«, drängte Keppler.

»Was denken Sie, was wir hier tun?«, fuhr Schuhmann auf. »Socken stricken?«

»Ich meinte ja nur, ...«

»Sehen Sie zu, dass Sie Ihre Nachbarn unter Kontrolle halten und lassen Sie die Polizisten, die Ahnung von ihrem Beruf haben, ihre Arbeit machen. Und jetzt lassen Sie mich durch, ich habe eine Mordserie aufzuklären.«

Schuhmann schob sich an Keppler vorbei, der sichtlich nach Worten suchte für diese derbe Zurechtweisung.

»Er steht unter enormem Druck«, verteidigte der Türmer seinen Freund. »Er ist deshalb ein wenig unfreundlich derzeit. Er meint es nicht so.«

Keppler, der sichtlich erbost war, starrte Heinrich an. Dann sagte er beherrscht: »Wenn ich diesem hochnäsigen Lackaffen den Eschersheimer Mob von Hals halten soll, erwarte ich eine Entschuldigung. Ansonsten garantiere ich für nichts«

Mit diesen Worten stapfte Keppler davon. Heinrich blieb zurück und sah sich in Nöten, seinen Freund wieder einzufangen, bevor die Situation eskalierte. Als sie kurz darauf den Kremerhof erreichten, fanden sie Ludwig Kremer vor dem Kuhstall, wie er gerade dabei war, Heu abzuladen. Schuhmann fragte ihn ohne Umschweife: »Herr Kremer, wo waren Sie heute Nacht, als der Hof des Lehrers Schröder abbrannte?«

Der Türmer stand daneben und rollte mit den Augen. Das mit der Diplomatie war nicht Schuhmanns Stärke. Er nahm sich vor, seinen Freund noch heute zurecht zu rücken.

»Was soll denn das jetzt?«, zeigte sich Ludwig Kremer pikiert.

»Das war doch eine einfache Frage«, blieb Schuhmann unfreundlich. »Die werden Sie mir doch wohl beantworten können.«

»Ich sehe darin eine Beschuldigung.«

»Wenn Sie sich den Schuh anziehen wollen, Herr Kremer, ist das Ihre Sache. Ich sehe nur zwei Brandstiftungen und einen Mord in Ihrer unmittelbaren Nachbarschaft. Wenn wir es genau nehmen, haben wir mittlerweile vier ermordete Nachbarn.«

»Und was habe ich damit zu tun?«

»Keine Ahnung. Sagen Sie es mir.«

»Nichts!«, rief Kremer ungehalten.

»Also«, versuchte es der Kommissar erneut. »Wo waren Sie heute Nacht, als das Haus abbrannte?«

»In meinem Bett.«

»Kann das jemand bezeugen?«

»Ja, ich«, kam eine Stimme aus dem Stall. Richard Kremer trat aus dem dunklen Stall in den Hof. Er hielt eine Mistgabel in der Hand. Seine verschmutzte Arbeitshose steckte in schweren Stiefeln. Sein Gesicht war verschmutzt und unrasiert. Sein Blick war angriffslustig.

»Aha«, machte Schuhmann. »Und wer sind Sie?«

»Sein Bruder.«

»Ich dachte, Sie seien verschollen.«

»Ich war im Urlaub.«

»Ein ausgedehnter Urlaub, Herr Kremer.

»Was geht Sie das an?«

Schuhmann trat näher an Richard heran. Er verengte seine Augen und sagte gepresst: »Lassen Sie mich mal kurz darüber nachdenken, wie sich das für mich darstellt.« Er griff sich ans Kinn und rieb es nachdenklich. »Der Hof Ihrer Eltern brennt ab. Offensichtlich wurde das Feuer mit Absicht gelegt. Einziger Überlebender ist Ihr Bruder Ludwig. Sie sind jahrelang im Urlaub und kommen zufällig nur wenige Tage nach dem schrecklichen

Unglück, bei dem Ihre verhassten Eltern sterben, zurück. Weiterhin erwarten Sie eine erkleckliche Summe aus der Brandversicherung.« Schuhmann machte eine Pause und fügte dann an: »Für mich klingt das verdächtig.«

Beide Männer stierten einander in die Augen. Heinrich fürchtete, dass es nicht mehr lange dauern könnte, bis es zu Handgreiflichkeiten kommen würde. Er war auf der Hut. Schuhmann provozierte weiter. »Ich wage zu behaupten, dass das für jeden normal denkenden Menschen verdächtig klingt.«

»So?«, knurrte Richard. »Für mich nicht. Ich habe von dem Feuer gehört und wollte meinem Bruder zur Seite stehen in dieser schweren Zeit. Das Vieh versorgt sich nämlich nicht von selbst.«

Schuhmann heftete weiter seinen Blick an Richard.

»Sie beide haben also den Schlaf des Gerechten geschlafen, als der arme Lehrer Schröder in seinem Haus verbrannte.«

»So ist es.«

»Nun gut«, sagte Schuhmann und trat zurück. »Wir werden sehen, was die weiteren Ermittlungen ergeben. Solange das alles nicht geklärt ist, werde ich der Brandversicherung empfehlen, die Zahlungen zurückzuhalten.«

»Dann sehen Sie zu, dass Sie den Mörder schnell finden, damit wir unseren Hof wieder aufbauen können«, sagte Ludwig. »Und jetzt lassen Sie uns in Ruhe und suchen denjenigen, der für diesen Schlamassel verantwortlich ist.«

Schuhmann schaute Ludwig und Richard abwechselnd an. Beide hielten seinem Blick stand.

»Ich behalte Sie im Auge«, sagte Schuhmann und verließ zusammen mit Heinrich den Hof. Als die beiden Ermittler außer Hörweite waren, sagte der Türmer: »Entweder, du sagst mir jetzt, welche Laus dir über die Leber gelaufen ist, oder du kannst deinen Scheiß hier alleine machen.«

Schuhmann lief ohne zu antworten weiter.

»Ich rede mit dir«, wurde der Türmer etwas lauter. »Gib' mir gefälligst Antwort.«

»Ich habe keine Frage gehört«, blieb Schuhmann stur.

»Weißt du was?«, sagte der Türmer wütend. »Ich gehe jetzt zurück auf meinen Turm und mache meine beschauliche Arbeit im wunderschönen Kaiserdom. Meinhardt wird es freuen, er ist sowieso total überfordert. Dann habe ich wenigstens einen Menschen glücklich gemacht.«

»Mir doch egal.«

Heinrich blieb stehen und versuchte sich im Zaum zu halten. Als er zu platzen drohte, stieß er aus: »Rutsch mir den Buckel runter, Gerhard. Ich bin raus.«

Er ließ den mürrischen Kommissar stehen und machte sich auf den Nachhauseweg.

»Meinhardt, du bist erlöst«, raunte der Türmer dem Pförtner zu, als er zum Dom zurückkehrte. Der Pförtner hatte auf seinem Holzstuhl vor seiner Pförtnerbude gedöst. Er traute seinen Ohren kaum und sprang auf.

»Escht jetz´?«

»Ja, ich bin wieder da.«

»Gottseidank.« Der Pförtner bekreuzigte sich und schickte einen dankbaren Blick gen Himmel. »Noch ein Daach un´ isch wär zusammegebroche´, des schwör isch.«

»Ja, ja«, machte der Türmer. »Jetzt mach hier nicht den Märtyrer. Ab morgen bin ich wieder der Türmer und du der Pförtner. Alles beim Alten.«

Meinhardt wollte zum Jubeln ansetzten, als er stutze.

»Hast krach mim Schuhmann, gelle?«, fragte er erstaunlich einfühlsam.

Heinrich schaute den Pförtner an, lächelte müde und nickte. Dann ging er die dreihundertachtzehn Stufen hinauf zu seiner Wohnung.

In der Türmerwohnung erwartete ihn Klara, seine Frau. Sie war überrascht, dass er schon so zeitig zu Hause war.

»Was ist passiert?«

»Was soll schon passiert sein?«, murmelte Heinrich.

Klara schwieg und wartete ab.

Nach einer Weile, in der der Türmer ziellos durch die enge Behausung auf knapp siebzig Metern Höhe umhergestreift war, ließ sich der Türmer auf den Holzstuhl am Esstisch fallen und starrte ins Nichts.

Klara, die den Abwasch machte und mit dem Geschirr im Spülstein hantierte, wartet immer noch schweigend ab. Sie musste ihn nicht drängen. Er würde in weniger als einer Minute von selbst anfangen zu erzählen. Keine dreißig Sekunden später brach es aus ihm heraus.

»Dieser verdammte Sturkopf«, rief er. »Soll mir doch gestohlen bleiben, dieser …«. Er suchte nach einem passenden Ausdruck und fand ihn in: »… dämliche Hund.«

Jetzt war es an Klara, auf ihren Mann einzugehen.

»Wen meinst du?«, fragte sie, obwohl sie es schon längst wusste.

»Gerd, der Depp.«

»Was hat er denn gemacht?«

»Benimmt sich wie ein Esel. Stur, verbohrt und eigensinnig.«

»Willst du es mir erzählen?«

Der Türmer wollte und berichtete seiner Frau, was vorgefallen war. Der Türmer beendete seine Erzählung mit den Worten: »Der kann mich mal, soll er seinen Scheiß doch alleine machen.«

Klara nickte, legte eine Hand auf den Arm ihres Mannes und küsste ihn auf die Stirn. Sie hatte ihre Pflicht getan. Heinrich hatte seinen Frust herausgelassen, würde ein paar Tage wütend sein auf den Kommissar und am Ende würden sie sich wieder vertragen. So war es immer.

Schlechte Nachrichten

Kommissar Schuhmann fühlte sich schlecht. Er hätte Heinrich nicht so vor den Kopf stoßen sollen. Jetzt hatte er ein schlechtes Gewissen. Hinzu kam, dass sein Vorgesetzter sicherlich ihn dafür verantwortlich machen würde, dass Heinrich hingeschmissen hatte. Wo er doch so große Stücke auf den Feuerwehrmann hielt, warum auch immer. Der Kommissar wusste sehr wohl, dass er sich unmöglich benommen hatte. Doch er hatte andere Probleme und war deshalb noch immer schlecht gelaunt. Und das hatte seinen Ursprung in einer ganz anderen Sache. Er hatte Angst. Angst um sein Leben.

Vor ein paar Tagen war er bei seinem Arzt gewesen und der hatte ihm schlechte Kunde gebracht.

»Herr Schuhmann, ich fürchte, ich habe schlechte Neuigkeiten für Sie«, hatte er ihm eröffnet.

Schuhmann saß vor dem in weißes Tuch gekleideten Arzt und fühlte, wie ihm heiß und kalt zugleich wurde.

»Immer heraus damit«, spielte er den Tapferen. In Wahrheit hatte er die Hosen voll. Ihn hatte eine dunkle Vorahnung begleitet, seit er die Gewebeprobe vor einigen Wochen abgegeben hatte. Zuvor hatte er eine Veränderung unter seiner Haut am Unterarm entdeckt. Er hatte sich nichts weiter dabei gedacht. Eine Verspannung oder so. Nichts Schlimmes.

Als aber der Knubbel unter der Haut wuchs, wurde er nervös und ging zum Arzt.

»Wir nehmen eine Probe und schauen uns die Sache mal an«, hatte der Arzt, damals noch mit einem aufmunternden Lächeln im Gesicht, gesagt. Jetzt, einige Wochen später, saß derselbe Arzt vor dem Kommissar und schaute alles andere als aufmunternd.

»Ich sage es frei heraus«, eröffnete er, sichtlich bewegt. »Sie haben Krebs.«

Schuhmann trafen die Worte wie ein Hammerschlag. Er hatte darüber nachgedacht und es immer wieder verdrängt. Der Schweiß trat aus ihm heraus, sein rechtes Lid zuckte. Er griff danach, um es zu beruhigen. Doch es half nichts.

»Was ...«, setzte er an und stockte. »... was heißt das jetzt konkret?«, wollte er wissen.

Der Arzt wandte seinen Blick ab und sprach zu den Papieren auf seinem Schreibtisch. Die Situation war ihm offensichtlich sehr unangenehm.

»Wir werden noch ein paar weitere Tests machen, um ganz sicher sein zu können. Ich werde das Ergebnis mit einem Kollegen besprechen. Und dann werden wir eine Entscheidung treffen.«

»Wie könnte diese Entscheidung aussehen?«

»Je nach Ergebnis.«

Schuhmann spürte die Wut in sich aufsteigen, hielt sich aber mühsam im Zaum. Ungeduldig sagte er: »Könnten Sie mir bitte mitteilen, was mit mir geschieht, falls sich Ihre Diagnose bestätigt?«

»Da gibt es viele Möglichkeiten. Das ist mannigfaltig. Ich will Sie damit nicht belasten«, er wedelte arrogant mit den Händen durch die Luft, als würde er eine Fliege verscheuchen. Gerhard las in dieser Geste allerdings: »Bis ich dir Dummkopf das erklärt habe, schneit es in der Hölle.« Er spürte, wie sich die Wut steigerte. Wut auf den Arzt, auf den Krebs, auf Gott, der sowas zuließ, auf sich selbst und den Rest der Welt.

»Verkaufen Sie mich nicht für dumm, Herr Doktor«, sagte Schuhmann. »Ich will wissen, woran ich bin. Also, ... was ist der schlimmste Fall, der mich erwartet?«

»Der Tod«, sagte der Arzt frei heraus und fügte an: »Wenn wir Glück haben, können wir es durch eine Amputation an der Ausbreitung hindern. Es würde zu weit führen, Ihnen die tiefgehenden Einzelheiten der Krankheit zu erklären, aber es kann sein, dass das Geschwür Kinder bekommen hat und sich in Ihrem Körper ausbreitet. Das kann nur durch eine Amputation verhindert werden.«

Der Kommissar starrte den Arzt an. Er war geschockt. War ratlos. Wollte heulen und schreien. Dem Arzt die Nase brechen. Die ganze Praxis verwüsten. Er wusste nicht, was er sagen sollte, war wie gelähmt. Deshalb sprang er auf und verließ wortlos die Praxis. Dass ihm sein Arzt noch hinterherrief, hörte er nicht mehr. Er hatte schließlich in einem Mordfall zu ermitteln, da mussten solche Sachen hintanstehen. Er konnte sich mit so einem Kram jetzt wirklich nicht beschäftigen.

Der Kommissar stand allein in den noch dampfenden Trümmern des niedergebrannten Hauses des Lehrers. Er versuchte Ordnung in die Vorfälle in Eschersheim zu bringen. Er schaute sich um, seufzte und holte einen kleinen Block hervor. Dann griff er nach seinem Bleistift, leckte die Spitze kurz ab und schrieb auf, was er wusste.

Mord am Ehepaar Kremer
Mord an Gisela Reimann
Mord an Eduard Schröder

Zweimal Brandstiftung - einmal Totschlag

Motiv?

Um das Wort *Motiv* machte er einen großen Kreis. Was war der Grund für diese Serie an Morden? Standen die Opfer in einem Zusammenhang? Oder waren sie Zufallsopfer? Allerdings sind Brandstifter meist keine Mörder. In der Regel sind die Opfer einer Brandstiftung unglückliche Zufälle. Ein Brandstifter ergötzt sich an den Flammen und nicht an der Lust des Tötens. Das alles passte nicht zusammen. Und wenn Ludwig Kremer seine Eltern ermordet hatte, warum sollte er dann auch noch den Lehrer Schröder töten und die Nachbarin? Das machte alles keinen Sinn. Schuhmann war überfordert, das musste er jetzt erkennen. Es war an der Zeit, sich zu entschuldigen.

Flammen am Altar

Der Küster Sigmund Freudecker der Emmausgemeinde im Ortskern Eschersheims war ein allseits beliebter Mann. Er war immer freundlich und nie sah man ihn ohne sein Lächeln. Er vertrat den Pfarrer, wenn dieser einmal den Gottesdienst nicht leiten konnte, er kümmerte sich um die bedürftigen. Er machte eigentlich alles, was ein Pfarrer auch tat. Und da der aktuelle Pfarrer derzeit aufgrund seines Alters so gut wie nicht in der Lage war, sich um seine Schäfchen zu kümmern, erledigte es eben der Küster. Er machte das gerne. Es war sein selbst erwählter Beruf und er wollte auch nichts anderes mehr machen. Allein sein Status störte ihn ein wenig. Viele alte Eschersheimer nahmen ihn nicht für voll. Wenn es etwas Wichtiges zu besprechen gab, sprachen sie noch immer mit dem Pfarrer. Dass der aber senil war und von seiner Umwelt kaum noch etwas mitbekam, interessierte niemanden. Er war der Pfarrer und er war allein von Gott bestimmt, die Entscheidungen zu fällen. Egal, wie alt und bekloppt in der Birne.

Aber Freudecker fügte sich in sein Schicksal. Es hatte ja auch Vorteile, nicht der Pfarrer zu sein. Man musste zum Beispiel seine Liebschaften nicht verstecken, was ein großer Vorteil war. Außerdem hatte man nicht so viel Verantwortung und trotzdem ein gewichtiges Wörtchen in der Gemeinde mitzureden. Allerdings: Wenn es um die Wurst ging, wurde der Pfarrer gefragt und nicht der Küster. Das nagte an Freudecker wie ein Biber an einem Baum.

Aber es war so, wie es war. Gegen den Neid hatte er in unzähligen Gebeten ein Mittel gefunden. Was er jedoch nicht bekämpfen konnte, waren seine inneren Dämonen. Die Dämonen, die ihn die Finger nicht von kleinen Mädchen und Jungs lassen ließen. Er wusste, dass es unrecht war und er wusste, was er den Kindern antat. Aber, verdammt nochmal, er konnte nicht anders. Er musste die jungen Dinger einfach haben. Je jünger, desto besser. Er hatte schon so oft gebeichtet und gebüßt. Danach ging es eine Weile, aber der Trieb war stärker. Sah er ein kleines Mädchen auf der Straße mit einem Reifen spielen, war es um ihn geschehen. Und kam dann auch noch ein knackiger Jüngling dazu, war die Kontrolle dahin. Er setzte alles daran, mindestens eines der kleinen Biester, die ihn so provozierten, zu bekommen.

Doch er war vorsichtig. In den allerseltensten Fällen pflügte er die Frucht vor seiner Haustür. Das war gefährlich. Würde man ihn mit einem Kind aus der Nachbarschaft erwischen, wäre es um ihn geschehen. Meist fuhr er sogar in eine andere Stadt. Über die Jahre hatte er ein relativ sicheres System entwickelt und hervorragende Kontakte, um an junges Fleisch zu kommen. Es war nicht ganz billig, aber er hatte ja sonst keine großartigen Ausgaben.

Nur einmal war er schwach geworden in Eschersheim, aber das war lange her und niemand hatte es bemerkt. Das Kind ist auch schon seit Ewigkeiten fort. Kurz nachdem er sie missbraucht hatte, war sie spurlos verschwunden. Wenn er an das Mädchen dachte, beschlich ihn immer ein Schuldgefühl. Vermutlich lag es an ihm, dass sie weggelaufen war. Aber ihr Vater war auch ein rechter Unhold gewesen und hat sie wie Dreck behandelt. Wahrscheinlich war es eine Mischung aus beidem. Was wohl aus ihr geworden ist?

Egal!

Freudecker war gerade dabei, die Kirche für den kommenden Sonntag vorzubereiten, als er eine Tür schlagen hörte. Wer mochte das sein? Es war noch früh am Morgen, die Leute waren alle bei der Arbeit, die meisten in der Ziegelei. Wer also würde um diese Zeit zur Beichte wollen?

Freudecker horchte kurz, ob dem Geräusch der Tür Schritte folgen würden. Doch nach einer Weile der Stille, schüttelte er den Kopf und schrieb das Türschlagen dem Wind zu. Er drehte sich wieder zum Altar, wo er den Blumenschmuck richten wollte. Nach einigen Augenblicken drang wieder ein Geräusch an seine Ohren. Es hörte sich an, als wäre jemand gegen etwas gestoßen.

»Hallo?«, rief Freudecker. »Ist da jemand?«

Des Küsters Stimme hallte in der Kirche nach, bekam aber keine Antwort. Freudecker legte seine Gartenschere aus der Hand, mit der er den Blumenschmuck trimmen wollte und machte lauschend einige Schritte in das Kirchenschiff hinein.

»Hallo-ho?«, rief er erneut. Diesmal lauter, aber wieder erfolglos.

Dann stellte er sich regungslos in die Mitte der kleinen Kirche und horchte. Es war absolut nichts zu hören.

Freudecker zuckte mit den Schultern und ging zurück zum Altar. »Vermutlich die Katze«, murmelte er und nahm seine Arbeit wieder auf. Er beugte sich über den Blumentopf, in dem die Geranien ihre Köpfe hängen ließen. Er knipste die welken Blüten ab und warf sie auf den Boden, um sie später zusammen zu kehren. Er bemerkte nicht, wie sich von hinten sein Mörder anschlich und ihm einen enormen Schlag auf den Kopf verpasste. Beim Aufprall auf dem Boden war Freudecker bereits tot.

Deshalb merkte er freilich nicht, dass er mit irgendetwas übergossen wurde und anschließend in Flammen stand.

»Am helllichten Tag?«, rief Kommissar Schuhmann aufgebracht, als er von dem neuerlichen Mord in Eschersheim erfuhr. »Und so offensichtlich.« Er schüttelte angewidert den Kopf. »Das ist nicht zu glauben.«

»Aber wahr«, erwiderte Richter, der die Nachricht überbracht hatte. »Und nicht zu ändern.«

Schuhmann starrte den Hilfspolizisten mit einer Mischung aus Überraschung und Ekel an.

»Wie können Sie nur so abgebrüht sein, Richter?«, fragte er seinen Kollegen.

»Wie können Sie es nicht sein?«, fragte er zurück. Immer noch ohne jegliche Gefühlsregung.

»Da werden reihenweise Menschen ermordet und Ihnen fällt nichts Besseres als ein lasches *Aber wahr* ein? Sind Sie ohne Gefühle auf die Welt gekommen?«

»Das nicht, aber mir wurden sie über die Jahre abgefeilt. Sie sind sozusagen stumpf.«

»Aber vorhanden?«, vergewisserte sich Schuhmann.

»Selbstverständlich«, echauffierte sich Richter. »Ich bin doch nicht aus Stein.«

Schuhmann musterte den kleinen, dünnen Mann mit dem lichter werdenden Haar und dem unverkennbaren norddeutschen Akzent. Sein spitzes Gesicht starrte fragend zurück.

»Hundewelpen?«, rief Schuhmann plötzlich.

»Was ist damit?«, gab Richter trocken zurück.

»Hundewelpen«, wiederholte Schuhmann. »Die müssen doch bei Ihnen etwas auslösen.«

»Ja«, sagte Richter. »Eine Allergie.«

»Was ist mit Katzenkindern?«

»Hör'n Sie bloß damit auf«, rief Richter. »Die nehmen mir die Luft. Noch schlimmer als Hunde.«

»Und Menschenkinder?«

»Nein, nein«, machte Richter und schüttelte den Kopf. »Die kommen mir nicht ins Haus.«

Schuhmann überlegte angestrengt. Dieser Mensch musste doch mit irgendetwas zu einer Gefühlsregung zu bringen sein. Er suchte nach dem Unwiderstehlichen, war kurz davor es zu finden und wurde jäh durch das Öffnen der Tür gestört.

»Schuhmann«, rief Rosenbaum ohne Gruß. »Holen Sie den Türmer zurück.«

»Es war Mord und keine Brandstiftung.«

»Das ist mir egal. Der Mann hilft uns und damit Schluss. Meinen Sie, ich will mir weiter anhören müssen, dass meine Leute zu dumm sind, einen Mörder in Eschersheim zu finden? Einem kleinen Dorf im Norden der Stadt? Hinzu kommt, dass der Bürgermeister so langsam nervös wird. Eschersheim ist erst vor kurzem eingemeindet worden, wie sieht das denn aus? Kaum gehört der Ort zur Stadt und schon wird dort gemordet.«

Schuhmann winkte ab.

»Jetzt übertreiben Sie aber ein wenig, Herr Rosenbaum.«

»Das mag sein. In Ihren Augen vielleicht, Herr Schuhmann. Aber Sie müssen sich ja auch nicht das Geflenne der Politiker anhören. Ich jedenfalls kann es nicht mehr hören. Und jetzt ab auf den Domturm mit Ihnen und holen Sie den Türmer zurück.«

»Aber, ...«, sagte Schuhmann mit erhobenem Zeigefinger, als Rosenbaum auch schon die Tür hinter sich zuknallte.

Schuhmann ließ den Finger und die Schultern fallen. Jetzt konnte er zu allem Überfluss auch noch beim Türmer zu Kreuze kriechen.

»Findest du nicht, dass wir zu weit gegangen sind?«, fragte eine Person die zwei anderen. Es war dunkel in dem Raum und es stank nach verbrauchter Luft. Der Duft nach Lehm und altem Holz mischte sich unter den modrigen Geruch. Es war alles andere als gemütlich. Aber es war sicher hier.

»Wieso?«

»Musste das in der Kirche sein?«

»Er hatte es verdient!«, zischte die dritte Person. »Du weißt, was er uns angetan hat. Oder hast du es schon vergessen?«

»Natürlich nicht«, zischte es zurück. »Wie sollte ich es jemals vergessen? Aber ich bin der Meinung, dass es eine Grenze gibt.«

Die Person, die bisher geschwiegen hatte, lachte humorlos auf.

»Wir haben alle Grenzen überschritten, indem wir vier Menschen verbrannt haben. Wo sollen wir deiner Meinung nach aufhören? Was kann denn noch kommen?«

»Ich war von Anfang an dagegen.«

»Jetzt komm mir nicht damit!«, rief der Älteste unter ihnen. »Wir waren uns einig, auch wenn du gezweifelt hast. Letztendlich bist du mit ins Boot gestiegen, also rudere gefälligst mit. Wir stehen das gemeinsam durch.«

»Wir werden alle in der Hölle brennen.«

»Passt ja«, lachte die zweite Person. »Aber bis dahin haben wir für Gerechtigkeit gesorgt.«

Kommissar Schuhmann machte sich wiederwillig auf den Weg zum Dom, um Henrich Niemann wieder in den Dienst der Polizei zu stellen. Aber er hatte keine Wahl. Rosenbaum hatte sich klar ausgedrückt.

»Ach, de´ Herr Wachtmeister«, rief Meinhardt beim Anblick des Kommissars. Dieser verzichtete darauf, den Dompförtner zurechtzuweisen, dass er Kommissar und kein Wachtmeister war. Meinhardt stand flankiert von Goliath breitbeinig vor dem Aufgang zum Domturm und hatte die Hände in die Hüfte gestützt. Selbst in seiner Uniform schaffte er es nicht, auch nur einen Hauch Autorität auszustrahlen. Als Goliath den Polizisten bemerkte, ging er auf ihn zu und begrüßte ihn schwanzwedelnd. Schuhmann tätschelte das kleine Köpfchen des Hundes und wollte sich an den Aufstieg zur Türmerwohnung machen.

»Du willst doch de´ Termer net zum Polizeidienst zurückhole´, oder?«, beschlich Meinhardt eine dunkle Vorahnung.

»Ich fürchte schon«, antwortete der Kommissar und machte einen Schritt. Doch weiter kam er nicht. Meinhardt hatte ihm die Hand auf die Brust gelegt und versperrte ihm den Weg.

»Dann kann isch disch net dorschlasse«, sagte er mit zittriger Stimme.

Schuhmann blickte Meinhardt ins Gesicht und senkte dann seinen Blick auf die Hand, die immer noch auf seinem Brustbein ruhte. Ohne aufzublicken sagte er gedehnt: »Meinhardt, was soll das?«

Meinhardt sagte nichts, er schien zu einer Salzsäule erstarrt. Erst als der Kommissar erneut seinen Namen rief, erwachte er aus seinem Zustand.

»Du kannst net zum Termer«, wiederholte er mechanisch.

»Kannst du mir einen Grund nennen?«

»Er ... ich ... der ...«, stammelte Meinhardt. » ... steht unter Quarantäne.«

»Was?«

»Ey, der hat ...«, der Pförtner zögerte und sagte schließlich: »Die Pest!«

Schuhmann starrte den Pförtner an. Er traute seinen Ohren nicht.

»Meinhardt?«, sagte er schließlich und nahm vorsichtig die fremde Hand von seinem Sternum. »Du weißt schon, dass man die Polizei nicht anlügen darf.«

»Logisch«, blieb er standhaft. »Der Termer hat die Pest und wenn du da jetzt enuff gehst, hat‘s die ganze Stadt und des derf isch net zulasse.« Er ging nun in der Lüge auf. »Nachher heißt's, isch hät´ die ganz Stadt uff‘m Gewisse´. Na, na, mein Lieber. Den Schuh zieh´ isch mir net ah. Ganze Völscher sind dadabei druff gegange. Net auszudenke´, wenn isch disch jetzt da enuff lass´.« Er verschränkte die Arme vor der Brust und schüttelte den Kopf. Schuhmann blieb ruhig.

»Meinhardt, die Pest ist ausgerottet. Seit Jahrhunderten.«

»Des iss e´ ganz neu Form von dere Pest. Die bricht nur in Kersche aus.«

Schuhmann unterdrückte ein Lachen.

»Dann besteht ja keine Gefahr für die Bevölkerung, die nicht in einer Kirche wohnt.«

Meinhardt kam ins Grübeln. Verdammt, was für ein dummer Fehler, dachte er. Dann sagte er: »Die brischt in de´ Kersch aus, aber die breit´ sich trotzdem überall hin aus. Die is´ sehr tückisch, diese Kerschepest.«

»Komm, Meinhardt«, sagte Schuhmann schließlich. »Was ist los?«

Meinhardt hielt dem Blick des Kommissars nicht stand. Er schwieg ein paar Sekunden, wie ein trotziges Mädchen, das trotz Hungers das Mittagessen verweigerte, dann brach es aus ihm heraus: »Wennde de´ Termer zurückholst, muss isch den ganze Kram hier widder mache´. Hoch un´ runner de´ ganze Tach. Als die Leut´ und die stelle andauernd Fraache …«, er warf die Arme in die Luft. »Wer soll'n des all´ wisse? Des kannste mir net antun, Gerd. Isch fleh´ disch ah.«

Er faltete die Hände und flehte tatsächlich. Schuhmann meinte sogar einen Träne im linken Auge erkennen zu können. Fast hätte er Mitleid mit dem Pförtner gehabt, aber Befehl war Befehl, da gab es keine zwei Meinungen.

»Meinhardt, es tut mir schrecklich leid, aber ich habe meine Befehle und wenn du mich daran hinderst sie auszuführen, muss ich dich am Ende noch verhaften lassen.«

Das hätte der Kommissar nicht sagen dürfen.

»Dann verhaft´ misch!«, plärrte Meinhardt und kreuzte die Hände vor sich. »Is´ mir tausend Mal lieber im Knast zu verrecke als den Mist hier nochemal zu mache´.«

Kommissar Schuhmann schob den Pförtner mit einem Kopfschütteln zur Seite und stieg den Domturm hinauf. Hinter sich hörte er Meinhardt heulen: »Komm zurück, du Unmensch. Was hab´ isch net alles für disch getan, all die Jahr'n? Zählt des nix? Du undankbarer Mistsack! Haste gehert? Mistsack, hab´ isch gesacht. Des ist Beamtebeleidischung. Du musst mich verhafte´. Gerd, …? Gerd? Geeeeeerd!«

Als der Türmer seinen Freund sah, konnte man ihm die Unsicherheit ansehen. Der innere Konflikt war greifbar. Auf der einen Seite freute er sich, seinen Freund wiederzusehen, auf der anderen Seite aber erinnerte er sich daran, dass sie derzeit offiziell verkracht waren. Beide Männer standen sich auf der Aussichtsplattform gegenüber und hatten Probleme mit dem gegenseitigen Umgang. Zum Glück kam Meinhardt keuchend die Treppen hinausgestapft. Völlig außer Atem stand er nun vor den beiden Männern und sagte: »Heini, isch fleh´ disch ah. Tu mir den Gefalle und sach´ net zu. Bitte!«

Heinrich wusste nichts mit dem merkwürdigen Verhalten des Pförtners anzufangen. Er zeigte sich verwundert über die echte Verzweiflung, die Meinhardt an den Tag legte. Aber irgendetwas in ihm freute sich auch darüber. Es war wohl seine dunkle Seite, die hier zum Vorschein kam.

»Wovon sprichst du, Meinhardt?«, fragte der Türmer nach.

»Geh´ net zurück zu de´ Polizei, isch schaff´ des net ohne disch. Isch kann mit dene ganze Leut´, die nur bleede Fraache stelle nix afange. Die mache misch wahnsinnisch.«

Heinrich drehte den Blick zum Kommissar und fragte: »Bist du deshalb hier?«

Schuhmann hob schuldbewusst die Hände und verzog das Gesicht. »Rosenbaum hätte dich gerne wieder zurück in der Mannschaft.«

»Heiniiiiii, bitteeee …«, jammerte Meinhardt und fiel tatsächlich vor dem Türmer auf die Knie. »Isch du alles, was du willst, wenn du hier bleibst. Isch kann des net.«

Niemann schaute angewidert auf den vor ihm knienden Meinhardt hinab.

»Jetzt übertreibe hier mal nicht so«, sagte der Türmer streng. »Steh auf, du machst dich lächerlich.«

»Des is´ mir worscht, … ich will nur verhinnern, dass du wieder abhaust und misch hier allans lässt, mit dene Touriste.«

Der Türmer ignorierte den Pförtner. Stattdessen fragte er: »Warum soll ich wieder zurückkommen? Ist was passiert?«

Schuhmann berichtete in knappen Worten von den Vorfällen in Eschersheim. Als er geendet hatte, standen sowohl der Türmer als auch der Pförtner staunend vor dem Kommissar.

»Das ist unfassbar«, stieß Heinrich aus. »Ich fürchte, die Sache eskaliert so langsam.«

»Heini, isch nehm´ alles zurück«, warf der Pförtner ein. »Seh´ zu, dass de´ des Monster fange tust. Isch krie´ des schon irschendwie hin hier.«

Gründe

Fünfzehn Jahre zuvor.

Sie war hübsch. Sehr hübsch sogar. Man konnte schon jetzt sehen, dass in diesem zierlichen Mädchen eine wunderschöne Frau heranwuchs. Sie war zwar erst acht Jahre alt, was aber ihre Schönheit nicht verstecken konnte. Ihre Brüder versuchten sie zu beschützen, waren aber zu schwach. Der Vater war ein Monster. Er schlug alle drei. Immer und immer wieder. Einen Grund brauchte er nicht. Wie Tiere behandelte er sie. Nein, eigentlich nicht wie Tiere. Seine Tiere wurden besser behandelt. Seine Tiere bekamen jeden Tag zu Essen. Seine Tiere wurden gewaschen und gepflegt. Seine Tiere bekamen ein frisches Lager und seine Tiere bekamen Zuneigung. All das bekamen die unnützen Bälger, die er in die Welt gesetzt hatte, nicht. Sie waren wertlos. Schlimmer noch, sie kosteten sogar Geld. Ständig war irgendetwas zu bezahlen. Da waren die Kosten für Essen, Kleider, Schulbücher, Spielsachen und am schlimmsten: Zeit. Sie fraßen ihm die Haare vom Kopf und stahlen ihm die Zeit. Zeit, die er mit seinen Freunden beim Äppelwein hätte verbringen können. Zeit, in der er das Dach des Stalles neu hätte decken können. Zeit, die er verlor, weil er irgendetwas für die Plagen tun musste. Jetzt waren sie daran, es zurückzubezahlen. Das Weib hatte gejammert, dass er das nicht tun dürfe. Es brauchte nur ein paar Ohrfeigen und Drohungen und sie war einverstanden. Weiber! Das schwache Geschlecht. Das passte.

Interessenten gab es genug. Auch für die Jungen. Aber das Mädchen war Gold wert. Er musste zugeben, dass sie eine Schönheit war. Umso besser, dachte er. Da steckte eine Menge Geld drin. Und was noch viel besser war: hatten diese kranken Schweine einmal was in sie reingesteckt, hatte er sie in der Hand. Sie würden machen, was er wollte. Und die Männer konnten viel für ihn tun. Schließlich gehörten sie zu den vermeintlich Wichtigen im beschaulichen Eschersheim. Und wer sagte denn, dass es nicht auch außerhalb Eschersheims Kundschaft für seine drei Goldesel geben würde? Aber das hatte Zeit, jetzt wurde erstmal vor der Haustür geerntet. Auf die Idee ist er gekommen, als er herausfand, dass der Diakon sich an einem der Messdiener herangemacht hat. Nur mit größter Mühe gelang es ihm, die Sache so zu drehen, dass er heil davon kam. Er hatte es geschafft, den Bub als Lügner zu verleumden. Aber er hatte genau gewusst, dass dieses Ferkel den Jungen angefasst hat.

Also ist er zum Diakon und hat ihm völlig unverblümt seine zwei nutzlosen Jungs angeboten. Gegen Bezahlung versteht sich. Zuerst hat er so getan, als wäre das Sünde und nicht von Gott gewollt und so weiter. Aber ein paar Tage später, als der Trieb das Hirn ausgeschaltet hatte, kam er zu ihm und fragte, ob das Angebot noch stehe.

»Freilich«, hatte er gesagt. »Ist jetzt aber teurer geworden.«

Der Diakon war der erste Kunde. Erstaunlicherweise kannte der noch andere Perverse im Ort. Das freute den Vater und er bot jetzt auch noch die Tochter an, die zu seinem Verkaufsschlager wurde. Aber das war kein Grund, sie besser zu behandeln. Im Gegenteil. Er musste zusehen, dass er sie immer daran erinnerte, die kleine Klappe zu halten. Das ging über Jahre so. Er verkaufte sie an immer mehr Männer. Ab und zu wollte einer einen der Jungs, aber als sie älter wurden, waren sie nicht mehr interessant. Aber das Mädchen war immer interessant. Mit jedem Jahr wurde sie hübscher. Und als sich ihr Körper veränderte, wurde sie unwiderstehlich und für viel mehr Männer als die perversen Kinderschänder interessant. All die, die zuhause nicht ran durften, bedienten sich jetzt bei ihr. Natürlich mussten sie erst beim Vater bezahlen. Dann wurde ganz diskret ein Stelldichein arrangiert. Niemand außer den direkt Beteiligten erfuhr davon. Selbst die Mutter dachte, dass es schon längst vorbei wäre. Aber ihr war es mittlerweile egal, sie hatte aufgegeben.

Die Brüder hatten es verdrängt, um sich selbst zu schützen. Sie hatten sich geschworen, kein Wort mehr darüber zu verlieren; sei es aus Scham, Ekel oder Selbstverachtung. Wahrscheinlich eine Mischung aus allem. Es war jahrelang kein Thema. Man ertrug weiterhin die Demütigung des Vaters, die Apathie der Mutter und das Leben in der Unterdrückung und Tyrannei durch den Vater. Allein der Traum vom Entkommen hielt alle drei am Leben. Die Hoffnung, irgendwie zu flüchten, nährte sie und ließ sie überleben.

Zurück im Spiel

Heinrich und Gerd waren wieder in Freundschaft vereint. Es hatte nicht viel gebraucht, um den Türmer zurück zu dem Fall zu bringen. Er war auch nie wirklich davon weg gewesen. Er wollte dem Kommissar einfach nur einen Denkzettel verpassen, was ihm scheinbar auch gelungen war. Die beiden Freunde saßen nun zusammen an einem schmucklosen Holztisch in der Schirn, aßen mit großem Genuss die Fleischwurst vom Metzger gegenüber und spülten sie mit herbsauerem Apfelwein hinunter.

»Wer ist denn die Neue?«, fragte der Kommissar mit einem Kopfnicken zur Bedienung.

»Das ist die Erika«, mümmelte Heinrich mit vollem Mund. »Ist seit letzter Woche hier. Ich glaube, sie ist die Nichte vom Wirt. Oder vom Wirt seiner Frau, oder so.«

»Aha«, machte Schuhmann und blieb mit seinem Blick an Erika hängen. Sie war klein, schlank und ausgesprochen hübsch. Ein kessfreches Gesicht, das sofort sympathisch wirkte. Ihre blonden Haare hatte sie zu einem Pferdeschwanz gebunden und in ihrem Wesen konnte man sehen, dass sie eine Frau zum Pferdestehlen war. Die blauen Augen Erikas schienen unentwegt zu lachen, aber sie wahrte auch eine gewisse Distanz. Erika war freundlich zu den Gästen, scherzte mit ihnen, gab sich kumpelhaft und jovial, aber dennoch merkte man, dass sie nicht weiter gehen wollte. Sie wusste, wie man Trinkgeld bekam. Sie hatte etwas an sich, das Schuhmann immer wieder einen verstohlenen Blick zu ihr werfen ließ. Der Kommissar war schlichtweg begeistert.

» … was meinst du, Gerd?«, hörte er noch den Türmer sagen.

»Wie bitte?«, schüttelte der Kommissar sich zurück in die Wirklichkeit.

»Starrst du der Erika etwa hinterher?«, fragte der Türmer mit gespieltem Entsetzen und knallte sein Geripptes auf den Tisch. Gerhard errötete doch tatsächlich, senkte den Blick und murmelte: »So ein Humbug, … die ist doch viel zu jung für mich und überhaupt … brummel, brummel. … die Sonne hat mich geblendet.«

Heinrich musste grinsen. Er gab seinem Freund einen Moment, um seine Selbstachtung wieder zu finden und wiederholte dann seine Frage.

»Also, was meinst du steckt hinter den Morden?«

»Wenn ich das wüsste, …«, sinnierte der Kommissar. »Ich finde keinen Zusammenhang. Es sieht mir so aus, als wären es wahllose Anschläge.«

»Was hat das Feuer damit zu tun?«

»Wie meinst du das?«

»Naja …«, sagte der Türmer gedehnt. »Es gibt so viele Arten, einen Menschen zu töten. Warum ist es in Eschersheim immer das Feuer?«

»Darüber habe ich mir noch gar keine Gedanken gemacht.«

»Aber das ist doch naheliegend«, staunte der Türmer.

Der Kommissar seufzte und stellte langsam sein Glas ab. Er wischte sich mit seinem Taschentuch den Mund ab und legte die Hände in den Schoß. Er schien sich zu sammeln. Der Türmer wurde unruhig. Was hatte das zu bedeuten?

»Heinrich, ich habe Krebs.«

Der Türmer schwieg. Sein Gesicht war versteinert. Er ließ sich nach hinten an die Lehne seines Stuhls fallen und starrte seinen Freund an.

»Was?«, kam es nach einigen Augenblicken des stillen Entsetzens aus ihm heraus.

»Ich war beim Doktor Wagner, der hat es bestätigt.«

»Das, … ich, … was soll das?«, suchte der Türmer nach Worten.

»Tja, ist so«, gab sich der Kommissar entspannt. Er nahm einen Schluck Apfelwein und gab sich gelassen. »Ich muss es akzeptieren.«

»Und jetzt?«, fragte der Türmer. »Wie geht es weiter?«

»Wir warten noch auf eine zweite Meinung und dann entscheiden wir, wie es bekämpft wird.«

»Seit wann weißt du es?«

»Seit ein paar Tagen.«

»Ich denke mal, seitdem du so pampig bist.«

»Da könntest du Recht haben«, sagte der Kommissar, was unter Männern so viel wie eine Entschuldigung darstellte.

Schuhmann klatschte in die Hände, sprang von seinem Stuhl auf, schnippte ihn nach hinten und rief: »Genug Trübsal geblasen, wir haben ein paar Morde aufzuklären.« Unmittelbar darauf ertönte ein lautes Scheppern, gefolgt von einem: »Maaaann, haben Sie keine Augen im Kopf?«

Schuhmann drehte sich um. Scheinbar war Erika in dem Moment, als er vom Stuhl aufgesprungen war, mit einem vollen Tablett schmutzigen Geschirrs hinter ihm vorbei gelaufen. Dabei hatte er sie angerempelt, sodass sie das Tablett hatte fallen lassen. Das Ergebnis lag nun in Trümmern auf dem Steinboden der Wirtstube.

»Oh, entschuldigen Sie bitte vielmals, Fräulein«, beeilte Schuhmann sich zu sagen. Er fing sofort unbeholfen an, die Schäden zu beseitigen.

»Lassen Sie das«, schnappte Erika. »Ich mach das schon.«

»Was ist denn hier los?«, hörten sie plötzlich eine wütende Männerstimme. »Kannst du nicht aufpassen, du dummes Ding?«

Schuhmann schaute auf und sah sich dem Oberkellner gegenüber, der Erika für den Schaden verantwortlich zu machen schien.

»Es war meine Schuld«, äußerte Gerhard.

»Das wird von deinem Gehalt abgezogen, junge Dame«, ignorierte der Mann den Kommissar.

»Ich erwähne noch einmal, dass ich der Verursacher des Schadens bin und dafür selbstverständlich voll aufkommen werde.«

»Jetzt geh‘ und hole Besen und Schaufel, du Tollpatsch«, pflaumte er Erika an, die jetzt auf allen Vieren mit Schamesröte im Gesicht hektisch den Schaden beseitigte. Sie stand auf und ging die Sachen holen, wie der Oberkellner ihr befohlen hatte. Der strenge Mann rief der Kellnerin missbilligend hinterher: »Gutes Aussehen ist nicht alles, mein Herzchen. Man muss auch was können.« Dann wand er sich an Gerhard. Sofort nahm er eine unterwürfige Haltung ein. »Es tut mit furchtbar leid, werter Herr.

Das junge Ding steht noch am Anfang. Ich hoffe, Sie haben sich nicht verletzt. Ist Ihre Kleidung etwa verschmutzt?«

Der Kellner untersuchte Schuhmanns Kleidung nach Flecken. Schuhmann wedelte ihn weg und sagte: »Es war mein Fehler, die junge Dame kann nichts dafür. Ich werde für den Schaden aufkommen.«

»Papperlapapp«, machte der Oberkellner. »Nichts da, mein Herr. Sie sind heute unser Gast, die Rechnung geht auf's Haus. Die junge Dame bekommt das vom Gehalt abgezogen. Ich entschuldige mich nochmals für das Missgeschick«

»Hören Sie mir überhaupt zu, Sie Lackaffe?«, schnauzte Schuhmann den Kellner an, der entsetzt die Augen aufriss ob des Ausbruchs seines Gegenübers.

»Wie bitte?«, machte er pikiert.

»Ich habe Schuld an dieser Misere, die junge Frau kann nichts dafür. Hören Sie mich?«, rief Schuhmann, der jetzt langsam wütend wurde. Der Kommissar trat näher an den Mann heran. Der Oberkellner roch unangenehm nach altem Zigarettenrauch und noch älterem Apfelwein. Der Mann blieb zwar stehen, neigte aber den Kopf nach hinten. Dabei verzog er das Gesicht, als hätte er grade in einen sauren Apfel gebissen.

»Ja, ich höre Sie sehr gut«, antwortete er gepresst.

»Prima, dann mal Ohren auf, Oberkellner«, zischte Schuhmann. »Ich bezahle sowohl meine Rechnung als auch den Schaden, den ich angerichtet habe. Das Mädchen lassen Sie in Ruhe, verstanden?«

Der Oberkellner nickte hastig.

»Gut, dann sind wir uns ja einig. Und wenn ich erfahre, dass sie der Dame auch nur den Hauch von Ärger bereiten, komme ich zurück und breche Ihnen die Beine. Haben Sie auch das verstanden?«

»Gerd, ist gut jetzt«, griff der Türmer ein, der Angst vor einer Eskalation hatte. »Wir gehen.«

Im Namen des Volkes

Wie weit sollten sie gehen? Diese Frage geisterte ihm seit dem Brandanschlag auf den Küster durch den Kopf. War es wirklich notwendig, derart grausam zu sein? Er bekam Zweifel, ob sie auf dem richtigen Weg waren. Anderseits war es jetzt zu spät. Sie hatten den Stein ins Rollen gebracht, da gab es kein Zurück mehr.

»Hast du Zweifel?«, riss sie ihn aus seinen Gedanken.

»Wie kommst du darauf?«

»Ich sehe es an deinem Gesicht.«

»Steht das da, oder was?«, blaffte er wütend und stand auf.

»Ich kann in deinem Gesicht lesen«, antwortete sie ruhig. »Ich sehe, was in dir vorgeht.«

»Ach ja.«

»Ja, das tue ich.«

»Und? Was geht in mir vor?«

»Du denkst, wir waren zu grausam. Wir sollten aufhören, solange es noch geht und wir nicht geschnappt wurden. Wir sollten abhauen und es dabei belassen.«

Er starrte sie an. Eine Sekunde zu lange, wodurch er ihre Vermutung bestätigte. Trotzdem sagte er: »Du hast doch keine Ahnung, so ein Humbug.«

Sie grinste böse und sagte nichts.

Die Tür wurde aufgeschlossen und der Dritte kam herein. Er schien abgehetzt zu sein.

»Was ist?«

»Ich weiß jetzt, wo der Richter wohnt.«

Der Kommissar musste zugeben, dass er mit der Masse an Vorfällen ein wenig überfordert war. Obendrein hatte er keine Ahnung, wo er nach dem Täter suchen sollte. Ihm blieb nur, die Nachbarschaft befragen zu lassen, ob sie irgendetwas gesehen hatten. Er hatte nochmal zehn Männer zur Verfügung gestellt bekommen. Sie gingen von Haus zu Haus und befragten alle in der Nachbarschaft der Tatorte. Jeder der Männer erstattete

Schuhmann Bericht. Es war nur wenig Brauchbares dabei. Hauptsächlich der Tratsch des Dorfes kam ihnen zu Ohren.

»So kommen wir nicht weiter«, zog er alsbald ein frustriertes Resümee. »Keiner hat was gesehen und jeder kennt irgendein Gerücht.«

»Aber an Gerüchten ist immer ein wenig Wahrheit«, gab der Türmer zu bedenken. Sie saßen in einer Amtsstube der Dorfpolizei, die während der Ermittlungen ihr zentraler Anlaufpunkt wurde, um schneller vor Ort reagieren zu können.

»Was haben wir denn bisher?«, wollte Niemann wissen.

Schuhmann schnaufte bitter und zählte auf: »Niemand hat etwas gesehen. Alle wissen, dass der Küster auf junge Mädchen stand, aber keiner hat jemals eines bei ihm gesehen. Herbert Kremer war gefürchtet als schlagfreudiger Trunkenbold, seine Frau hatte das mehr als einmal zu spüren zu bekommen. Und vorlaute Trinkkameraden ebenfalls. Gisela Reimann galt als die Dorfschönheit, die hier versauerte, aber nicht von ihrem Mann loskam. Eine Rabenmutter soll sie obendrein gewesen sein. Dann bleibt noch der Lehrer Schröder, der bei allen beliebt war und selten den Rohrstock benutzt hatte. Er hatte allerdings nie wirklich viel mit den Eschersheimern zu tun. Er lebte sehr zurückgezogen. Niemand weiß irgendetwas von ihm, außer dass er der Lehrer im Ort war und jetzt seinen Ruhestand in Eschersheim genießen wollte. Wir wissen nichts.«

Schuhmann war frustriert. Er tappte im Dunkeln.

»Ich finde ums Verrecken einfach kein Mordmotiv. Alle Opfer hatten ihre Macken, aber bei Weitem nichts, was einen Mord rechtfertigt.«

»Aber alle wurden verbrannt«, ergänzte der Türmer.

»Nicht alle. Frau Reimann wurde erschlagen.«

»Das macht es nicht besser.«

»Aber ich bin sicher, dass es dafür einen Grund gibt. Sie passt nicht in die Reihe.«

»Zufall?«

»Nein, ich denke, alle wurden von ein und demselben Mörder umgebracht.«

»Was macht dich da so sicher?«

»Weißt du, wann der letzte Mord in Eschersheim stattgefunden hat?«, stellte der Kommissar eine Gegenfrage.

»Nein.«

»Siehst du, ich auch nicht.«

»Was willst du damit sagen?«

»Niemand weiß, wann der letzte Mord in Eschersheim begangen wurde und jetzt auf einmal vier innerhalb einer Woche?«

»Da ist was dran.«

»Sag ich doch«, erwiderte der Kommissar. »Aber das bringt uns nicht weiter.«

»Welche Zusammenhänge gibt es zwischen den Opfern?«

»Ein Bauer und seine Frau, dessen Nachbarin, ein Küster und ein Lehrer«, zählte Schuhmann auf. »Wo ist da der Zusammenhang?«

»Das gilt es herauszufinden.«

In dieser Nacht brannte es nicht in Eschersheim. Dafür aber stand im Westend das herrschaftliche Haus des ehrenwerten Richters Klemens Aschenbach lichterloh in Flammen. Er hatte nicht den Hauch einer Chance zu entkommen. Das lag vermutlich daran, dass er gefesselt und geknebelt in seinem Wohnzimmer lag. Oder besser gesagt, das, was von ihm übrig war. Man hatte Mühe ihn zu identifizieren, schaffte es aber dann doch noch anhand eines fehlenden Fingers, den er sich zu Lebzeiten bei einer unbeholfenen Aktion einst mit einer Axt hatte abhacken lassen. Die Feuerwehr war die halbe Nacht und den restlichen Tag über damit beschäftigt, das Feuer zu löschen. Man schaffte es aber lediglich die Nachbarhäuser zu retten. Wobei eines davon schon hatte angefangen zu brennen, der Schaden blieb aber vergleichsweise gering.

»Meinst du, das Feuer heute Nacht steht im Zusammenhang mit den Morden in Eschersheim?«, fragte der Türmer, der nun schon zum dritten Mal in dieser Woche in der Eule saß. Ihm gegenüber saß Gerhard Schuhmann und lächelte verklärt, als Erika am Tisch vorbeilief. Er bestellte ständig irgendwelche Sachen bei ihr. Mal fehlte eine Serviette, dann wollte er einen Zahnstocher oder gar einen Aschenbecher, obwohl er gar nicht rauchte. Der Türmer hatte den Verdacht, dass sein Freund um Jahre verjüngt in ein pubertäres Stadium der Verliebtheit transformiert wurde, sobald er diese Frau sah.

»Was?«, schreckte der Kommissar auf.

»Ich hatte gefragt, ob du einen Zusammenhang mit den Morden in Eschersheim siehst?«

»Einen Zusammenhang? Mit was?«

»Mit dem Feuer heute Nacht«, blieb Heinrich geduldig. Er nahm einen Schluck Apfelwein und wischte sich den Bart ab.

»Ach so«, machte Schuhmann, der allmählich ins Hier und Jetzt zurückkehrte. »Nein, warum?«

»Weil es Mord war.«

»Offensichtlich. Aber dennoch anders.«

»Inwiefern.«

»In Eschersheim wurde niemand vorher überfallen.«

»Naja, vielleicht war das nicht notwendig.«

»Wie meinst du das?«, fragte Schuhmann und nahm den letzten Schluck aus seinem Gerippten, was ihn erfreute, denn dann konnte er bei Erika nachbestellen.

»Man muss jemanden doch nur fesseln, wenn er sich wehrt. Wehrt er sich nicht, ist es Zeitverschwendung.«

»Da ist was dran, mein Freund.«

»Wir sollten vielleicht mal schauen, über was der Richter so in den letzten Jahren geurteilt hat, vielleicht findet sich ja ein Hinweis.«

»Das war dumm«, rief der Ältere. »Wir sollten jetzt erst einmal abwarten.«

»Im Gegenteil«, antwortete sie. »Wir fangen jetzt erst an.«

»Das wird nicht gut gehen«, sagte der Jüngere. »Sie werden uns schnappen und dann einen Kopf kürzer machen.«

»Sie haben nicht die geringste Ahnung, worum es hier geht. Sie haben nichts in der Hand.«

»Aber wenn wir in dem Tempo weiter machen, werden sie uns schnappen. Wir sollten jetzt erstmal ein paar Tage verstreichen lassen.«

»Ich habe gerade Geschmack gefunden an der ganzen Sache. Und ich bin noch nicht satt.«

»Ich weiß«, sagte der Ältere. »Aber wenn du das zu Ende bringen willst, musst du jetzt geduldig sein.«

»Wir machen weiter«, beschloss sie. Ihr Tonfall ließ keine Wiederrede zu.

»Wir sollten nochmal mit den Kremerjungs reden«, schlug der Türmer vor. Er saß noch immer mit dem Kommissar in der Eule an der Schirn.

»Was soll das bringen?«, fragte Schuhmann. »Wir haben sie eingehend verhört. Sie haben ein Alibi für die Taten.

»Ludwig nicht«, erinnerte der Türmer.

»Nur für die erste Tat«, gab der Kommissar zu bedenken. »Und weshalb sollte er seinen eigenen Hof niederbrennen? Das macht doch keinen Sinn. Er lebt schließlich davon.«

»War aber gut versichert.«

»Die Versicherung zahlt nicht, solange das alles noch nicht aufgeklärt ist.«

»Sehr verzwickt, das alles«, zeigte sich der Türmer ratlos, als Erika den nächsten Apfelwein brachte. Sie lächelte den Kommissar an, was diesen rot werden ließ. Der Türmer war da weniger emotional und sprach die hübsche Bedienung an: »Sag mal, Erika«, begann er. »Du wohnst doch in Eschersheim, nicht wahr?«

»Ja, das tue ich«, bestätigte die Blondine.

»Kennst du die Familie Kremer?«

»Die kennt doch jeder im Ort.«

»Und was erzählt man sich so über die?«

Erika zuckte mit den Schultern.

»Nichts Besonderes. Es war eine Familie wie alle anderen auch. Drei Kinder, ein paar Viecher, Land, ...«

»Drei Kinder?«, unterbrach der Kommissar

»Ja, zwei Jungs und eine Tochter.«

Der Kommissar schlug sich an die Stirn.

»Das hatte ich ja total vergessen.«

»Na und?«, fragte der Türmer dazwischen. »Ist das wichtig?«

»Es ist ein Detail«, sagte Schuhmann ernst. Mit einer Geste forderte er Erika auf weiterzureden.

»Naja, die Kinder sind alle außer dem Ludwig abgehauen.«

»Kanntest du denn die Tochter gut?«, wollte der Türmer wissen.

»Sie war eine meiner besten Freundinnen, bis zu ihrem Verschwinden.«

»Wie war sie denn so?«

»Sehr verschlossen und traurig. Und sehr hübsch.«

»So hübsch wie du?«, fragte der Kommissar und bemerkte sofort, dass er zu weit gegangen war. Erika schaute ihn fragend an. Dann lächelte sie und sagte: »Sehr viel hübscher.«

»Was doch schwierig sein sollte«, legte Gerhard nach.

»Wollt ihr euch ein Zimmer mieten?«, ging der Türmer dazwischen. Beide erröteten und fingen dann an zu lachen.

»Naja«, fuhr Erika fort. Sie wirkte traurig. »Ich denke, dass Greta tot ist.«

»Wie kommst du darauf?«

»Sie ist spurlos verschwunden. Von heute auf morgen. Man hat nie wieder etwas von ihr gehört. Das heißt nichts Gutes.«

Als die beiden Freunde im Polizeipräsidium eintrafen, kam ihnen Matthias Richter entgegen.

»Ah, da sind ja die Herren«, begrüßte er die Männer vorwurfsvoll. »Wir warten schon seit Stunden auf Ihre Rückkehr.«

»Wir hatten zu tun«, wiegelte Schuhmann ab. »Was gibt es denn so Aufregendes?«

»Wir haben die Fälle des ermordeten Richters durchgeschaut, …«

»Das ging aber fix«, kommentierte der Türmer anerkennend.

»Zufall. Eine der Akten ist vom Stapel gerutscht. Und Sie ahnen nicht, welche das war.«

Richter machte eine theatralische Pause.

»Reden Sie, Mann«, drängelte Schuhmann, als Richter nicht weitersprach.

»Ich dachte, Sie kommen selbst darauf«, erwiderte Richter.

»Bin ich ein Hellseher, oder was?«

»Entschuldigung«, murmelte Richter und senkte den Blick. »Also, diese Akte war ein Fall von mehrfachem Kindesmissbrauch in Eschersheim. Angeklagt waren die Herren Eduard Schröder, Sigmund Freudecker, Raimund Gerber und Gisbert Held.«

»Wer sind Raimund Gerber und Gisbert Held?«, fragten der Türmer und Schuhmann im Chor.

»Der eine, Gerber, ist Schmied und Held ist Sattler. Beide haben ihr Geschäft in Eschersheim.«

»Wie ging der Prozess aus?«

»Eingestellt; aus Mangel an Beweisen.«

»Und was sagt uns das jetzt?«

»Es geht um die vermeintlichen Opfer der Vergewaltigung.«

»Und die wären?«

»Die Kremer Kinder. Alle drei.«

»Wir müssen verschwinden«, sagte der Ältere. »Sie werden uns sonst schnappen.«

»Mach dir keine Sorgen«, blieb die Frau ruhig.

»Es ist nur eine Frage der Zeit, bis sie herausfinden, worum es geht. Und der Richter hätte am Schluss drankommen müssen. Er wird uns verraten.«

»Er ist tot, wie soll er uns verraten?«, zeigte der Jüngere Unglaube.

»Sie werden den Zusammenhang finden«, beharrte der Ältere.

Sie lachte humorlos.

»Glaube mir, sie werden uns niemals dafür belangen.«

»Was macht dich da so sicher?«

Sie grinste diabolisch.

»Weil ihr nichts getan habt und ich schon lange nicht.«

Zerstörung

8 Jahre zuvor

Es tat schrecklich weh. Immer noch. Sie hatte gedacht, sie würde sich irgendwann daran gewöhnen. Aber das war nicht der Fall. Jetzt musste sie beinahe täglich diesen widerlichen Männern zu Diensten sein. Jeden Abend schnappte sie ihr Vater und zerrte sie in dieses dunkle Zimmer, hinten in der Scheune. Es roch schlimmer als in jedem Ochsenstall. Es stand nur ein Bett darin. Kein Fenster. Nur das flackernde Licht von ein paar Kerzen. Wenn es noch nicht dunkel war, schien ein wenig Tageslicht durch die Ritzen des Bretterverschlags. Die Männer rochen nach Alkohol und Schweiß. Wenn sie keuchend auf ihr lagen, ihren verfluchten Teil in sie hineinrammten, drehte sie den Kopf zur Seite und suchte sich einen Punkt in der Dunkelheit und dachte an etwas Schönes.

Es gelang ihr nicht immer, alles um sie herum auszublenden. Manchmal zwangen die Männer sie, sich auf ihr verfluchtes Teil zu setzen oder sie musste vor ihnen hocken. Wie ein Tier bestiegen sie sie dann. Sie ließ es geschehen, was sollte sie machen? Manchmal wurde sie geschlagen, manche fingen danach an zu weinen, andere wiederum entschuldigten sich und gaben ihr Geschenke, die ihr Vater ihr wieder abnahm. Irgendwann lebte sie nicht mehr in ihrem Körper. Sie war entrückt. Es war so, als schaute sie von außen zu. Das, was sie wirklich am Leben hielt, war der Glaube an den Tag der Abrechnung. Eines Tages würde sie es diesen Männern heimzahlen. Unbarmherzig, so wie sie unbarmherzig jeden gottverdammten Tag in diesem Zimmer ein Stück Leben verlor.

Draußen im Dorf bemerkte niemand etwas. Außer denen, die sich ihrer bedienten. Da gab es einige. Sie hatte schon überlegt, sich das Gesicht zu zerschneiden, um nicht mehr so schön zu sein. Doch als sie dann das Messer in der Hand hielt, hatte sie es nicht geschafft. Sie wollte sich umbringen. Aber auch dazu war sie zu feige gewesen. Schließlich hatte sie beschlossen, weiterzuleben, um eines Tages Rache zu nehmen. Jahre vergingen. Ihr Leben war die Hölle auf Erden. Sie dachte, dass es irgendwann von alleine aufhören würde. Doch es wurde nicht besser. Ihr Vater suchte sich einfach andere Männer, die auf richtige Frauen standen und nicht auf kleine Mädchen. Als sie das begriff, plante sie ihre Flucht, auf die sie lange warten musste.

Geschnappt

Es dauerte nicht lange, da hatte man die Herren Ludwig und Richard Kremer verhaftet und zum Verhör in das Polizeipräsidium gebracht. Sie saßen nun in getrennten Räumen und wurden zu den Morden befragt.

Kommissar Schuhmann sprach zuerst mit Ludwig, dem jüngeren der beiden.

»Wissen Sie, warum Sie hier sind?«, fragte er den eingeschüchterten Mann.

Dieser blickte den Polizisten zögerlich an und schüttelte dann den Kopf.

»Wir denken, dass Sie die Morde in Eschersheim und an Richter Aschenbach begangen haben.«

»Was?«, fragte der Beschuldigte ungläubig und riss die Augen auf. »Das ist doch lächerlich.«

»Ich denke nicht, dass es lächerlich ist, wenn man des mehrfachen Mordes beschuldigt wird.«

»Wie kommen Sie denn darauf, dass ich etwas mit den Morden zu tun habe?«

»Wir haben die Fälle, über die Richter Aschenbach beschieden hat, untersucht. Und da sind wir auf einen sehr interessanten Fall gestoßen, bei dem Sie und Ihr Bruder eine Rolle spielen.«

Ludwigs Gesicht zeigte Erkenntnis.

»Wir waren die Opfer in dieser Sache«, erklärte er. »Die Täter waren andere.«

»Es gab keine Täter«, erinnerte Schuhmann. »Alle Angeklagten wurden freigesprochen. Aus Mangel an Beweisen.«

Ludwigs Miene zeigte Zorn und Verbitterung.

»Dieses Urteil war ein falsches.«

»Und deshalb haben Sie und Ihr Bruder es neu gesprochen und auch gleich vollstreckt.«

»Nein«, sagte Kremer mit fester Stimme.

»Nun, das sehe ich anders«, erklärte Schuhmann. »Auf der Anklagebank saßen Ihr Vater, der Küster Freudecker, der Lehrer Schröder, der Sattler Held und der Schmied Gerber, dem wir vermutlich durch die Ihre und die Verhaftung Ihres Bruders das Leben retten konnten.«

Ludwig Kremer schwieg.

»Was haben Sie dazu zu sagen?«, hakte Schuhmann nach.

»Nichts.«

»Sie geben also nicht zu, die Morde begangen zu haben?«

»Warum sollte ich?«

»Weil es doch schon sehr auffällig ist, dass ausgerechnet die Menschen ermordet werden, die damals bei Ihrem Prozess auf der Anklagbank saßen.«

»Zufall.«

Schuhmann sprang von seinem Stuhl auf. »Jetzt hören Sie doch auf zu leugnen, Kremer«, brüllte er und schlug mit beiden Händen auf den Tisch. Der plötzliche Ausbruch ließ Kremer zusammenzucken. »Sie waren doch am Tatort, als Ihr Hof niederbrannte. Sie haben Ihre eigene Mutter geopfert, um sich an ihrem Vater zu rächen.«

»Wie können Sie so etwas behaupten?«, rief Kremer. Er hatte Tränen in den Augen.

Schuhmann schaute den jungen Mann traurig an, seufzte, zog sich seinen Stuhl heran und setzte sich wieder gegenüber des Beschuldigten an den Tisch.

»Hören Sie«, schlug er versöhnende Töne an. »Es war sicherlich schrecklich, was Ihnen widerfahren ist. Ich vermag mir nicht vorzustellen, welches Leid Sie ertragen mussten.«

Kremer schwieg, dennoch war ihm anzusehen, dass es in ihm arbeitete. Nur mühsam konnte er sich beherrschen.

»Gestehen Sie und Sie können aufgrund Ihres verständlichen Motivs sicher mit Milde rechnen.«

»Wie können Sie es wagen von Verständnis zu reden?«, knurrte Kremer. »Sie haben nicht die geringste Ahnung, was es bedeutet, diesen Männern hilflos ausgeliefert zu sein.«

Man konnte Ludwig Kremer ansehen, dass er gerne weitergeredet hätte, aber er schaffte es, seinen Zorn hinunterzuschlucken. Er starrte Schuhmann nur hasserfüllt in die Augen. Die Erinnerung an das Erlebte ließ ihn beben.

»Haben Sie diese Menschen ermordet?«, setzte Schuhmann nach.

»Ich habe niemanden ermordet, kapieren Sie das endlich.«

»Ich fürchte, ich kann Ihnen nicht glauben«, sagte Schuhmann und verließ den Raum, um mit Richard Kremer zu sprechen. Doch das Gespräch mit dem älteren der beiden Brüder verlief genauso ergebnislos wie das mit Ludwig. Man schloss die beiden Beschuldigten in eine Zelle und wollte sie erst einmal schmoren lassen. Sie würden schon irgendwann zugeben, die Morde begangen zu haben.

Schuhmann ließ die Delinquenten abführen und machte sich auf den Weg in seine Amtsstube, wo sein Vorgesetzter Horst Rosenbaum auf ihn wartete. Der groß gewachsene, graumelierte Mann mit der Halbglatze saß entspannt auf einem Stuhl und lächelte zufrieden, als er seinen erfolgreichen Mitarbeiter erblickte. Er stand auf und begrüßte Schuhmann mit den Worten: »Da ist ja mein bestes Pferd im Stall.« Er lachte schallend und schlug Schuhmann lobend auf die linke Schulter. Schuhmann zeigte sich bescheiden, als er antwortete: »Ich habe nur meine Arbeit gemacht.«

»Stellen Sie mal Ihr Licht nicht zu sehr unter den Scheffel, mein Lieber«, sang Rosenbaum das Loblied weiter. »Sie haben dafür gesorgt, dass die Menschen in Eschersheim wieder ruhig schlafen können. Gehen Sie nach Hause und ruhen Sie sich erstmal aus. Den Rest bekommen wir schon hin. Die Vögel werden nach einer Nacht in der Zelle bestimmt anfangen zu singen.«

Schuhmann lächelte und nahm den freien Nachmittag gerne an. Er wusste auch schon, wie er ihn nutzen würde. Voller Vorfreude machte er sich auf den Weg zum Römer-Markt, wo ein kühles Glas Apfelwein und eine wunderschöne Bedienung auf ihn wartete.

In dieser Nacht brannte das Haus von Gisbert Held, dem Schmied von Eschersheim, bis auf die Grundmauer nieder. Gisbert Held wurde im Schlaf von den Flammen überrascht. Er hatte keine Möglichkeit, dem Tod zu entkommen. Was vielleicht auch daran lag, dass er an sein Bett gefesselt war.

Von vorne

»Da haben wir wohl die Falschen eingebuchtet«, analysierte Matthias Richter scharf die peinliche Situation.

Er saß zusammen mit Schuhmann, Rosenbaum und dem Polizeipräsidenten Rieß von Scheuernschloß in dem karg möblierten Raum in der Nachbarschaft zum Gefängnistrakt des Präsidiums an der Neuen Zeil. Der Polizeipräsident stand mit auf dem Rücken verschränkten Armen am Fenster und schaute auf die belebte Geschäftstrasse zu seinen Füßen, wie ein Kapitän, der seine Crew beim Segelsetzen beobachtet. Er erschien äußerlich ganz ruhig, doch in seinem Inneren brodelte ein Vulkan. Er sah schon die Schlagzeilen vor sich, wie sein Amt verhöhnt wurde von den Schmierfinken der Presse, die sich auf ihn stürzen würden wie ausgehungerte Hyänen.

»Vielen Dank für die geistreiche Bemerkung, Herr Richter«, antwortete er mühsam beherrscht. Doch der Tonfall, mit dem er sprach und der Blick, mit dem er Richter bedachte, ließen den jungen Mann vermuten, dass seine baldige Beförderung ein utopisches Flair bekam. Richter hätte sich die Zunge rausreißen wollen und lief rot an.

»Was haben Sie dazu zu sagen, Herr Schuhmann?«

»Ich bin ratlos.«

Der Präsident heftete den Blick an Rosenbaum, der sich irgendwie ertappt fühlte und sich beeilte zu sagen: »Wir werden das sofort untersuchen und den oder die wahren Täter schnappen.«

»Ich bitte darum«, sagte der Präsident gereizt. »Und diesmal will ich keine Fehler mehr. Ist das klar?«

»Selbstverständlich, Herr Präsident«, buckelte Rosenbaum. »Ich werde mich persönlich darum kümmern.«

»Das ist ja wohl das Mindeste«, blaffte der Präsident. »Und jetzt an die Arbeit, meine Herren.«

Die drei Polizisten sprangen auf und eilten zur Tür. Der Präsident rief noch hinterher: »Und holen Sie mir den Türmer zurück.«

Die drei Gedemütigten hielten kurz inne und ersparten sich eine Widerrede.

Kaum waren sie unter sich, ging das Schmierentheater los. Rosenbaum hackte auf Schuhmann herum und Schuhmann gab die Schelte an Richter weiter. Dieser verteidigte sich eloquent, erregte damit Schuhmann, der wiederum Rosenbaum Vorwürfe machte, dass er nicht genug Unterstützung hatte und er schließlich auch sicher war, dass man die Richtigen geschnappt hatte, was ja schließlich auf Richters Fehleinschätzung zurückzuführen war, was das Motiv anbelangte. Daraufhin bekam es Richter von beiden mal so richtig knüppeldick. In selten gesehener Einigkeit reihten sie Vorwurf an Vorwurf und luden all ihre Schuld und Verfehlungen beim kleinsten Licht am Baum ab.

Richter war kraft seiner nicht vorhandenen Macht der Sündenbock, der nun zur Bestrafung die ruhmvolle Aufgabe erhielt, die Kremer-Brüder aus der Haft zu entlassen. Die beiden anderen wollten schon mal die richtige Polizeiarbeit vorantreiben, damit der Fall nun endlich gelöst werden konnte.

Richter verzichtete auf Gegenwehr. Was hätte er denn schon tun sollen? Was ihm blieb, war die Hoffnung, es ihnen eines Tages zurückzahlen zu können.

»Da habt ihr wohl die Falschen eingebuchtet«, war Heinrich Niemanns Kommentar, als Schuhmann ihn bat, wieder zurück zu den Ermittlungen zu kommen. Ein gehässiges Grinsen war dabei nicht zu übersehen. Schuhmann schluckte seinen Ärger runter und nickte nur.

»Kommst du jetzt mit?«, fragte er stattdessen angesäuert.

»Na klar, ich helfe doch gerne. War doch schon immer so. Wenn die Polizei nicht mehr weiter weiß, ruft sie die Feuerwehr.«

Schuhmann ließ auch das unkommentiert.

Beim Abstieg vom Domturm fiel dem Türmer wieder ein, dass sein Freund vermutlich eine Krebserkrankung hatte. Er überlegt lange, ob er den Polizisten darauf ansprechen sollte. Er wägte das Für und Wider ab und ergab sich in seine Neugier.

»Hast du schon ein Ergebnis von deinem Arzt?«, fragte er schließlich den vor ihm die Treppen hinabsteigenden Freund.

»Ja«, gab dieser sich einsilbig.
»Und?«
»Was und?«
»Gibt es ein Ergebnis?«
»Bestimmt.«
»Wie bitte?«
»Es gibt ein Ergebnis.«
»Verrätst du es mir?«
»Kann ich nicht.«
Der Türmer schwieg bedeutsam.
Schuhmann blieb stehen. Heinrich wäre ihm fast in den Rücken gelaufen, konnte aber noch rechtzeitig bremsen.
Sie standen mitten auf der engen Wendeltreppe. Heinrich wartete ab. Dann sagte Schuhmann: »Ich habe den Brief nicht geöffnet«, und ging weiter.
Der Türmer blieb ratlos stehen. Dann eilte er hinterher.
»Willst du denn nicht wissen, ob du Krebs hast oder nicht?«
»Doch.«
»Und warum öffnest du dann den Brief nicht?«
»Weil es nichts ändert.«
Das klang logisch.
Heinrich hatte noch ein paar Fragen, doch in diesem Moment erreichten sie die Tür, die nach draußen führte. Dahinter lauerte Meinhardt. Als Schuhmann die Tür öffnete, rief Meinhardt, der Goliath im Arm hielt und streichelte: »Da habt'er wohl die Falsche´ eigebucht, hä?«
Der Türmer konnte Schuhmann gerade noch davon abhalten, Meinhardt zu verprügeln. Mit größter Mühe zog er den schimpfenden Polizisten Richtung Römerberg.

Als Gerd sich wieder beruhigt hatte, machte man sich auf den Weg nach Eschersheim, um den neuerlichen Tatort zu besuchen. Die niedergebrannte Schmiede befand sich in der Faulborngasse, einer kleinen Sackgasse im Ortskern. Es zeigte sich ein ähnliches Bild wie bei den Morden zuvor. Die Trümmer der Schmiede qualmten noch. Die Feuerwehr war erneut dabei, letzte Glutnester zu suchen und zu löschen. Die Leiche des Schmieds war bereits in die Gerichtsmedizin transportiert worden. Kommissar Schuhmann ließ sich vom Kollegen Keppler ins Licht setzen.

»Es war fürchterlich«, begann er sichtlich mitgenommen. »Die Kollegen von der Feuerwehr haben den Schmied noch schreien hören. Aber das Haus stand lichterloh in Flammen. Niemand konnte in das Haus gehen, um den armen Mann zu retten.« Er schüttelte den Kopf.

»Gibt es Zeugen?«, fragte Schuhmann routiniert.

»Soweit ich weiß nicht. Wir sind gerade dabei, die Nachbarschaft abzuklappern, um jemanden zu finden, der wenigstens eine Kleinigkeit weiß.« Er machte eine kleine Pause und fügte an: »Die Kremersöhne waren es ja wohl nicht. Da haben wir wohl die Falschen eingebuchtet.«

Der Türmer machte sich dazu bereit seinen Freund einzufangen, als diese Worte fielen, doch Schuhmann hatte sich im Griff, wenn auch nur mühsam beherrscht.

Er wollte gerade etwas erwidern, als ein junger Kollege aufgeregt zu ihnen kam. Er war sehr jung und seine Uniform erschien eine Nummer zu groß. Sein glatt rasiertes Gesicht half nicht gerade dabei, Autorität auszustrahlen.

»Herr Keppler, Herr Keppler«, rief er aufgeregt schon von weitem. Als er die drei Männer erreichte, unterbrach Keppler ihn zuallererst.

»Nehmen Sie mal Haltung an, Mann«, blaffte er. »Sie sind hier nicht auf dem Jahrmarkt. Sie vertreten die Frankfurter Polizei und ihre Staatsgewalt.«

Der junge Kollege richtete hastig seine Uniform und nahm Haltung an.

»Ihre Uniformjacke ist nicht richtig zugeknöpft«, fuhr Keppler mit der Inspektion fort. »Und Ihre Schuhe sehen aus, als hätten sie eine Reinigung dringend nötig. So wird das aber nichts mit der Aufnahme bei der Polizei.« Keppler wandte sich an Schuhmann und den Türmer und sagte entschuldigend: »Er ist noch ganz neu bei uns und bewirbt sich für die Aufnahme an der Polizeischule. Sie müssen sein Auftreten verzeihen. Er steht noch ganz am Anfang und ...«

Schuhmann unterbrach den Redeschwall des Dorfpolizisten mit einer wedelnden Handbewegung. »Ja, ja, schon gut«, sagte er. »Wir sollten uns vielleicht anhören, was der junge Mann zu berichten hat.«

»Na los, reden Sie«, nahm Keppler sofort wieder die Generalshaltung ein, nicht zuletzt, um seine peinliche Zurücksetzung durch den Kommissar zu überspielen.

»Ich, ... da hinten ist eine Frau, ... die behauptet, etwas gesehen zu haben.«

»Warum sagen Sie das nicht gleich, Mann«, blaffte Keppler. »Wo ist die Frau?«

»Folgen Sie mir«, sagte der junge Kollege und schritt voran.

Wenig später erreichte die kleine Gruppe ein kleines Gehöft ganz in der Nähe der Schmiede, wo die Zeugin schon auf sie wartete. Die schlanke Frau stelle sich als Tanja Schuhmann vor und war ausgesprochen hübsch. Sie hatte eine Ausstrahlung, die es schwer machte, sich auf das Wesentliche zu konzentrieren. Ihr Kleid war zwar schmutzig und ihr blondes Haar schlecht frisiert, aber das machte den Anblick nur noch faszinierender. Was wohl an ihrem hochinteressanten Gesicht, mit den blauen Augen als Höhepunkt der Gesamtkombination, lag. Es war wohl das unbegreifliche und vielbeschriebene *gewisse Etwas*, dass sie zu einer wahren Schönheit machte. An ihrem Rockzipfel hing ein kleiner Junge. Er versteckte sich halb hinter seiner Mutter, blickte aber mit neugierigen Augen auf die kleine Männergruppe, die sich nun anschickte, die schöne Bäuerin zu befragen. Schuhmann stellte die Männer vor, wobei er natürlich hocherfreut über die Namensvetterschaft mit einer solchen Schönheit war, kam aber alsbald zur Sache.

»Was haben Sie beobachtet, Frau Schuhmann?«, wollte der Kommissar wissen.

»Ich war heute Morgen sehr früh wach«, berichtete sie und schaute vielsagend auf ihren Sohn. »Dabei hörte ich ungewöhnlichen Lärm. Ich wollte nachschauen, was der Lärm bedeutet und bin in den Hof gegangen. Da fiel mir das ungewöhnliche hellrote Leuchten auf. Ich wusste sofort, dass es schon wieder brennen musste, diesmal aber in der Nachbarschaft.«

»Wo genau wohnen Sie?«

Sie schaute den Kommissar verwirrt an.

»Na hier«, sagte sie und machte ein ausholende Geste. »In der Dreihäusergasse.« Sie schüttelte den Kopf.

»Natürlich. Entschuldigung. Wie ging es weiter?«

»Ich rannte auf die Straße und da sah ich schon die Schmiede lichterloh brennen.«

»Was haben Sie als nächstes getan?«, schob der Kommissar an.

»Ich rief sofort laut: *Feuer*«, sagte sie erstaunlich ruhig. »Dann lief ich zu den Nachbarn und weckte sie, damit sie aus ihren Häusern konnten, bevor das Feuer übergreift.«

»Das ist zwar sehr interessant, Frau Schuhmann. Aber haben Sie auch noch mehr gesehen?«

»Wenn Sie mich mal ausreden lassen, kann ich es Ihnen auch sagen«, erwiderte sie genervt.

Der Türmer grinste, wodurch er einen bösen Blick Gerds erntete.

»Als ich alle geweckt hatte, rannte ich zur Schmiede, um nachzusehen, ob Gisbert aus dem Haus war.«

»Warum erst jetzt?«, unterbrach der Kommissar erneut.

»Weil es mir erst jetzt einfiel«, gab die schöne Bäuerin zurück. Sie war sichtlich bemüht, dem Kommissar nicht ein paar passende Worte zu sagen. »Wissen Sie«, fuhr sie gereizt fort. »Ich habe nicht allzu viel Erfahrung im Umgang mit Feuern. Aber ich werde natürlich an meinen Abläufen diesbezüglich arbeiten, damit ich beim nächsten Feuer besser reagiere. So wie sich die Sache darstellt, wird das wohl nichts mit der Aufklärung dieser Mordserie. Sie haben ja wohl die Falschen eingebuchtet.«

Das saß.

Kommissar Schuhmann war nun sichtlich angeschlagen. Bevor die Situation weiter eskalierte, griff der Türmer schlichtend ein.

»Frau Schuhmann«, sagte er beschwichtigend. »Sie müssen wissen, dass die Situation auch für die Polizei alles andere als angenehm ist und die Ermittler stehen unter sehr hohem Leistungsdruck. Ich verspreche Ihnen, dass mein Kollege Sie nun ohne weitere Unterbrechungen berichten lässt. Nicht wahr, Herr Kommissar?«

Heinrich schaute Gerd auffordernd an. Dieser nickte wortlos und mit zusammengekniffenen Lippen.

»Da bin ich ja mal gespannt«, murmelte Frau Schuhmann und fuhr fort: »Also, ... als ich zur Schmiede rannte, um nachzusehen, wie es Gisbert geht, sah ich eine Gestalt aus dem brennenden Haus rennen. Es war offensichtlich eine Frau. Und da Gisbert keine Frau hat, konnte es nur eine Fremde sein. Und ich konnte in der Hektik diese Frau leider nicht erkennen. Sie trug zudem dunkle Kleidung und ein dunkles Kopftuch.«

Der Kommissar wartete einen Moment, um sicher zu sein, dass er jetzt eine Frage stellen konnte.

»Hatte der Schmied vielleicht eine Geliebte?«

»Woher soll ich das wissen?«

»Naja, ... » Der Kommissar zögerte. »Wir sind hier auf einem Dorf, da kennt man sich und ...«

»Da schnüffelt man schon mal dem Nachbarn hinterher«, ergänzte Frau Schuhmann schnippisch.

»So war das nicht gemeint, ...«

»Wie denn?«, sie stemmte die Hände in die Hüften und legte den Kopf schief.

»Ich, ... dachte nur, vielleicht hört man ja das Ein oder Andere?«

»Nein, hört man nicht.«

»Na gut«, beendete der Kommissar das Scharmützel mit der ebenso kessen wie schönen Frau und wurde wieder geschäftlich. »Könnten Sie uns beschreiben, welche Figur und Größe diese Person hatte?«

Frau Schuhmann schürzte abschätzig die Lippen.

»Sie hatte in etwa meine Größe, war schlank und, wie gesagt, dunkel gekleidet. Mehr war nicht zu erkennen.«

»In welche Richtung ist sie getürmt?«

»In Richtung Nidda. Sie rannte über die Straße, bog dann Im Uhrig ein und war verschwunden. Ich dachte mir erst nichts dabei, es war alles ziemlich unübersichtlich. Aber als sich die Situation beruhigt hatte, fiel mir die Sache wieder ein.«

»Ich würde Sie gerne bitten, sich für weitere Befragungen durch meine Mitarbeiter zur Verfügung zu halten, Frau Schuhmann. Wäre das möglich?«

»Aber sicher doch. Ist doch meine Pflicht. Außerdem muss das mal aufhören, mit den ständigen Feuern.«

Man verabschiedete sich höflich, um weitere Ermittlungen in die Wege zu leiten.

»Mein lieber Mann«, sagte der Türmer anerkennend, als sie außer Hörweite waren. »Eins muss man den Eschersheimern lassen: tolle Weiber haben sie.«

»Das wird langsam kompliziert«, gab Schuhmann zu, als er zusammen mit dem Türmer auf der Rückfahrt ins Polizeipräsidium in der Droschke saß. Die Fahrt war holprig, aber immer noch besser als zu Fuß zu gehen.

»Da stimme ich zu«, rief Heinrich gegen den Lärm der knarrenden Holzräder der Kutsche, die auf dem Kopfsteinpflaster lärmten. »Wir sind praktisch wieder am Anfang.«

»Wer könnte diese Frau sein, die Frau Schuhmann gesehen hatte? Und ist sie unsere Mörderin?«

»Beweise haben wir nicht. Sie ist lediglich aus dem Haus gekommen, sie kann genauso gut die Liebschaft des Schmieds gewesen sein.«

Der Kommissar schwieg. Er drehte den Kopf zur Seite und ließ die Häuser der Eschersheimer Landstraße an sich vorbeiziehen, ohne sie zu sehen. Seine Gedanken kreisten um die Brände. Er zermarterte sich das Gehirn, kam aber auf keine Lösung. Das machte ihn wahnsinnig.

Im Polizeipräsidium war die Euphorie der Depression gewichen. Die eindeutige Niederlage steckte den beteiligten Polizisten in den Knochen. Rosenbaum lief in Schuhmanns Amtsstube auf und ab wie ein verhaltensgestörter Tiger im Käfig. Mit im Raum waren der Türmer und Matthias Richter.

»Wie konnte das passieren?«, sagte er zum ungezählten Mal. »Wir stehen da wie die letzten Deppen. Die Zeitung zerreißt uns als Dilettanten und Stümper. Die Bürger denken doch, dass wir eine Gauklertruppe sind, die ihr eigenes Arschloch nicht findet.«

So aufgewühlt hatte Schuhmann seinen Vorgesetzten noch nie erlebt. Rosenbaum zeterte noch eine ganze Weile weiter. Die Ausdrücke, die er dabei benutzte, trieben braven Männern die Röte in die Ohren. Irgendwann wurde es dem Türmer zu viel.

»Das bringt uns nicht weiter«, schaltete er sich ein. »Wir sollten aufhören, uns selbst zu bemitleiden. Wir haben sechs tote Menschen zu beklagen und wenn wir nicht bald den Mörder finden, werden es vermutlich noch mehr.«

Rosenbaum blieb stehen und starrte den Feuerwehrmann an.

»Verdammt, Herr Niemann, Sie haben Recht«, zeigte sich Rosenbaum anerkennend. »Warum muss mir das der Herr Niemann sagen?«, warf er in die Runde seiner Untergebenen.

»Vielleicht wollte sich niemand bei Ihnen unbeliebt machen«, versuchte sich der Türmer in einer Erklärung und fügte an: »Und weil sie sicherlich keine Lust verspürten, ihren Vorgesetzten in einer solchen Situation anzusprechen.«

»Warum?«

»Aus Angst.«

»Humbug.«

Der Dezernatsleiter schaute in die Gesichter der anwesenden Männer. Alle wichen verlegen seinem Blick aus. Der Türmer hatte ins Schwarze getroffen.

»Egal«, überspielte Rosenbaum die unangenehme Situation, wobei er sichtlich irritiert war. »Es gibt Wichtigeres.« Dann wandte er sich an den Türmer.

»Was schlagen Sie vor?«

»Wir gehen am besten alles noch mal durch«, schlug Schuhmann vor.

»Wie wäre es, wenn wir erst einmal nach dem Grund für die Morde suchen«, merkte der Türmer an. Die Köpfe im Raum drehten sich zu ihm. In den Gesichtern der Männer spiegelte sich Unverständnis über die eigene Verbohrtheit und Erstaunen über die Einfachheit der Dinge. Kommissar Schuhmann starrte seinen Freund an, als wäre er soeben als Fisch aus dem Main gesprungen und hätte sich vor seinen Augen in einen Menschen verwandelt.

Niemann bemerkte, dass er die Anwesenden im Raum konsterniert hatte. Er zuckte mit den Schultern und fügte an: »Naja, … ich denke, dass es sich hier um gezielte Morde handelt. Es sieht mir ganz so aus, als würde der Mörder einen Rachefeldzug führen. Meinen Sie nicht, meine Herren?«

Rosenbaum japste nach Luft, wollte etwas sagen, setzte an und brach letztendlich ab. Als Einziges brachte er ein gekeuchtes »Ja«, heraus. Danach blies er die Backen auf und ließ die Luft langsam durch den Mund ab. »Tja, meine Herren«, sagte er schließlich. »Ich denke, meine Entscheidung, Herrn Niemann hinzuzuziehen, hat sich mal wieder als Volltreffer gezeigt. Ich wünsche, dass Herr Niemanns Ideen unbedingt Beachtung finden, meine Herren. Das ist ein Befehl.«

Schuhmann und Richter antworteten im Chor: »Jawohl, Herr Rosenbaum.«

Mit den Worten: »Sie haben zu tun, ich wünsche baldige Erfolgsmeldungen«, entschwand Rosenbaum dem Raum und knallte die Tür hinter sich zu.

Einen beinahe peinlich langen Augenblick standen die drei Zurückgelassenen zu Säulen erstarrt im Raum und schwiegen laut. Schließlich klatschte Schuhmann in die Hände, was die beiden anderen zusammenzucken ließ, und rief: »An die Arbeit, die Herren!«

»Das war ganz schön knapp«, sagte der Ältere zu der Frau.

»Man kann mich nicht erkannt haben«, gab sie gelassen zurück.

»Was macht dich da so sicher?«

»Weil sie dann schon längst hier wären und mich gefunden hätten.«

»Niemand weiß von unserem Versteck«, gab der Jüngere zu bedenken. »Es ist gut geschützt.«

»Aber wenn man lange genug sucht, wird man es finden«, mahnte sie.

»Machen wir jetzt eine Pause?«, fragte der Ältere vorsichtig. Er kannte die Antwort bereits.

»Jetzt geht es erst richtig los«, antwortete sie und grinste diabolisch.

Die drei Ermittler beschlossen, dass es vielleicht hilfreich sei, wenn sie das stickige Polizeipräsidium verlassen und die anstrengenden Überlegungen in einer geeigneten Gaststätte mit angenehmer Bewirtung verlegen würden. Dieser Vorschlag kam natürlich von Kommissar Schuhmann, der auch schon eine geeignete Gaststätte parat hatte. Nämlich die Schirn am Markt.

Das spätsommerliche Wetter war prächtig und die beiden anderen schlossen sich dem Vorschlag wohlwollend an.

Schon kurz nach dem Eintreffen der kleinen Gruppe, stand auch schon die schöne Erika an ihrem Tisch und fragte nach der Bestellung. Sie verweilte ein wenig länger als notwendig am Tisch und verstrickte Schuhmann noch in ein kurzes Gespräch, das an Belanglosigkeit nicht zu überbieten war.

Der Türmer rollte mit den Augen, als Erika gegangen war und sagte genervt zu Schuhmann: »Dann frag' sie doch endlich, ob sie mit dir ausgehen will.«

»Wie bitte?«, machte Schuhmann schlecht gespielt auf unschuldig.

»Das sieht doch ein Blinder, dass du ihr den Hof machst. Jetzt lass' dich nicht lange bitten und frag' sie«, setzte der Türmer nach. Richter saß am Kopfende des Tisches und grinste in sich hinein.

»Können wir jetzt über den Fall sprechen?«, fragte Schuhmann gereizt und versuchte, einen möglichst unverfänglichen Eindruck zu hinterlassen, was noch nicht einmal ansatzweise gelang. Sekunden später brachte Erika die Bestellung und verteilte sie auf dem Tisch. Bei Schuhmann hielt sie das Glas länger fest als nötig. Niemann warf seinem Freund einen auffordernden Blick zu. Schuhmann verzog das Gesicht. Der Türmer setze gestisch nach. Wodurch der Polizist aufgab und zu Erika sagte: »Ich, ... Erika, … Sie, …, Wann, … vielleicht können wir, … aber nur, wenn es Ihnen beliebt, … also verstehen Sie mich nicht falsch ...«

»Holen Sie mich um acht ab, da habe ich Feierabend«, half Erika ihm und entschwand.

Schuhmann blickte ihr nach, er war blass und wirkte gestresst aber auch irgendwie erleichtert.

»Wo das jetzt geklärt ist, können wir ja endlich weiterarbeiten«, bemerkte Richter und nahm einen kräftigen Schluck Apfelwein.

Es folgte ein kurzer Moment des Schweigens. Es wirkte, als bündelten die Ermittler ihre Kräfte. Dann endlich wurde es sachlich und konzentriert am Tisch.

»Gehen wir alles noch einmal durch«, schlug Schuhmann vor und zählte an den Fingern ab. »Wir haben sechs ermordete Personen in Eschersheim. Und das innerhalb kürzester Zeit. Alle bis auf Gisela Reimann wurden Opfer der Flammen, die offensichtlich jemand absichtlich gelegt hat, um zu morden.«

»Die Frage ist«, meldete sich der Türmer zu Wort, »wie passt Gisela Reimann in diese Serie, oder ist sie ein Zufallsopfer?«

»Was, bitte schön, soll denn ein *Zufallsopfer* sein?«, wollte Richter wissen.

»Naja, die Frage ist doch, ob Frau Reimann in die Serie gehört oder ob es eine eigenständige Tat gewesen ist. Zufällig eben.«

»Da ist was dran«, stimmte der Kommissar seinem Freund zu. »Ich denke, dass das aber nicht entscheidend ist.«

»Oh, das denke ich nicht«, widersprach Heinrich. »Ich glaube, dass diese Tat sogar der Schlüssel ist, wenn er denn in die Serie gehört.«

Die beiden Polizisten schauten den Türmer an, als hätte er eine zweite Nase im Gesicht.

»Wie kommst du denn auf diese seltsame Idee?«, fragte Schuhmann.

»Ganz einfach«, erklärte Niemann. »Wenn der Mord an Gisela Reimann in die Serie der Brandopfer gehört, war sie die Einzige, die nicht verbrannt wurde.«

»Das macht es nicht besser«, erwiderte Richter. »Mord ist Mord.«

»Sicher«, fuhr der Türmer fort. »Aber ich denke, dass es einen Grund gibt, warum alle anderen verbrannt wurden. Hier befindet sich jemand auf einem Rachefeldzug. Wir sollten nach Gemeinsamkeiten unter den Opfern suchen, das könnte uns sicher weiterhelfen.«

»Da hast du sicher Recht, Heini«, stimmte Schuhmann zu. »Aber ich verstehe immer noch nicht, wieso dann der Mord an Gisela Reimann in deinen Augen so wichtig ist.«

»Ich glaube, sie hat etwas gesehen oder gewusst, was unseren Mörder zur Strecke hätte bringen können. Entweder, der Mörder hat sie bei irgendetwas erwischt oder sie wollte ihn mit ihrem Wissen erpressen und hat das mit dem Leben bezahlt.«

Die beiden Polizisten wirkten nachdenklich und nickten zustimmend.

»Also gibt es jetzt zwei Dinge, die wir tun müssen«, beschloss Schuhmann. »Zum einen müssen wir nach Gemeinsamkeiten der Opfer suchen und zum anderen müssen wir herausfinden, was Gisela Reimann gewusst haben könnte.«

»Genau«, sagte der Türmer. »Wenn wir das herausgefunden haben, sind wir ein großes Stück weiter.«

Kommissar Schuhmann war Punkt Acht vor dem Römer-Markt und wartete darauf, dass Erika das Restaurant verließ. Er war nervös wie ein Erstklässler vor der Einschulung. Als sie dann endlich kam, war es wie in einem Traum. Sie bewegte sich mit elfengleicher Anmut. Als sie ihn sah, strahlte sie über das ganze Gesicht. Sein Herz hüpfte vor Freude und alle Sorgen waren vergessen. Sie war entzückend.

»Da bin ich«, sagte sie fröhlich und fragte: »Und? Wo gehen wir jetzt hin?«

»Haben Sie Hunger?«

»Wie ein Bär.«

»Dann lassen Sie uns etwas Essen gehen.«

Sie hakte sich bei ihm unter und gemeinsam verbrachten sie einen wundervollen Abend im *Schwan.* Als Schuhmann Erika nach Hause brachte, war ein gelungener Abend zu Ende gegangen. Der Kommissar hatte sich verliebt, soviel stand fest. Seine Laune stürzte jedoch jäh ab, als er nach Hause kam und den ungeöffneten Brief seines Arztes auf der Kommode liegen sah.

Flucht

»Das wird langsam zum Blutrausch«, beschwerte sich der Ältere.

»Was soll ich denn machen?«, warf der Jüngere ein. »Sie hört nicht auf mich. Warum auch?«

Der Ältere schüttelte ratlos den Kopf und begann in der kleinen Zelle auf und ab zu laufen.

»Wir können sie nicht ewig verstecken, und mit jedem Mal, wenn sie hinausgeht, steigt die Gefahr entdeckt zu werden.«

»Die Morde machen die Sache nicht besser.«

»Wir hatten das von Anfang an so geplant, jetzt zieh´ nicht den Schwanz ein.«

Der Jüngere schaute wie ein verschrecktes Reh.

»Aber es war niemals davon die Rede, dass wir die halbe Stadt niederbrennen.«

»Wie es gemacht wird, war ihre Sache. Da haben wir nichts mitzureden.«

»Das alles läuft aus dem Ruder, sage ich dir.«

Der Ältere lachte humorlos.

»Wie kann so etwas nicht aus dem Ruder laufen? Wie naiv bist du eigentlich? Wir haben hier von Anfang an über mehrere Morde gesprochen. In welcher Welt ist das noch im Ruder zu halten?«

»Wir müssen sie überzeugen aufzuhören, noch können wir entkommen. Es ist doch genug Rache geübt worden.«

»Es ist dann zu Ende, wenn ich sage, dass es zu Ende ist.«

Die beiden Männer drehten sich um. Hinter ihnen stand die Frau, sie hatte in der Tür gestanden und das Gespräch verfolgt.

»Ihr habt mir geschworen, dass ich meine Rache bekomme. Ihr seid es mir schuldig.«

»Aber noch wissen sie nicht, wer wir sind und wo wir sind«, gab der Jüngere zu bedenken. »Noch können wir davonkommen.«

»Davonkommen«, schnaubte sie verächtlich. »Ich will gar nicht davonkommen.«

Die beiden Männer starrten entsetzt auf die Frau. Sie wirkten, als hätten sie den Heiland auferstehen sehen.

»Aber, ...«

»Du musst dir keine Sorgen machen.« Sie streichelte dem Jüngeren zärtlich über die Wange. »Euch wird nichts geschehen. Am Ende werde ich für alles geradestehen und das Andenken dieser Monster wird zerstört sein. Jeder in der Stadt wird wissen, was sie uns angetan haben. Ihre Namen werden auf ewig mit dem Verbrechen an uns in Verbindung stehen. Aber bis dahin müsst ihr mir folgen, wie ihr es geschworen habt.«

Die beiden Männer nickten stumm. Noch in dieser Nacht brannte die Sattlerei von Gisbert Held bis auf die Grundmauern nieder. In den Flammen starb der Sattler.

5 Jahre zuvor

Die Männer saßen am Tisch, tranken, lachten zu laut und zu dreckig und rauchten. Das Zimmer war verqualmt, eine Rauchwolke hing unter der Decke. Es kam niemand auch nur auf die Idee, zu lüften. Es gefiel den Männern in ihrer Räuberhöhle. Im Nachbarzimmer wartete das Vergnügen auf sie. Es war mal wieder Spielwochenende, wie sie es nannten. Einer der Männer hatte die Hütte vor etlichen Jahren für seine illegalen Jagdausflüge gebaut. Aber gejagt hatte er nie. Zumindest nicht das Wild im Wald. Die Hütte lag abseits, sehr abseits. Niemand wusste von ihrer Existenz. Die Hütte war nirgends registriert. Sie lag weit ab von allen Wegen, man kam nur durchs Unterholz hierher. Der Weg war zwar beschwerlich, doch er lohnte sich. Denn hier waren sie die Könige.

Die Herrscher.

Die Macher.

Hier bestimmten sie die Regeln.

Der Schmied kratze sich ungeniert zwischen den Beinen und rief in die betrunkene Runde: »Ich geh mal einen Wegstecken, Männer«, und stand, begleitet von derbem Gelächter, torkelnd auf. Der Sattler rief: »Pass auf, dass du die Kleine nicht vollkotzt. Ich will nachher auch nochmal ran.«

Der Schmied lachte prustend und winkte ab.

»Mach dir keine Sorgen. Und wenn doch, mach ich sie hinterher wieder sauber. Das ist doch Ehrensache.«

Noch auf dem Weg zum Nachbarzimmer öffnete er die Knöpfte seiner Hose. Sie hing ihm in den Kniekehlen, als er das Zimmer betrat. In der Ecke des Raumes kauerte ein Mädchen. Sie war eine zierliche Person, völlig verängstigt. Ihr Haar war wirr, ihr Gesicht spiegelte die nackte Angst.

Diese Spielwochenenden waren immer die Hölle gewesen. Es war diesen Mistkerlen nicht genug, sie einmal pro Woche in der Scheune hinter dem Hof ihres Vaters zu besteigen. Nein, es musste einmal im Monat eine Extraladung Perversion sein. Schlimm genug, wenn ihr Vater ihren Körper zu Hause verkaufte. Es musste ja diese Wochenenden geben, wo sie sich austobten zwischen ihren wunden Beinen.

Und jetzt stand der Schmied vor ihr, die Hose in den Kniekehlen, den Schwanz parat, das Gesicht verquollen vom Alkohol, die Gier nach ihrem Körper in den roten Augen. Der Geruch nach Schweiß und Alkohol ließ sie würgen. Er kam näher, sie zitterte, er zog die Unterhose herunter. Beim Anblick des Halbnackten war alle Angst verflogen. Jetzt war der Tag gekommen, an dem sie sich befreien konnte.

Sie hatte es eigentlich gar nicht richtig geplant. Es war ihr egal, was danach aus ihr wurde. Alles würde besser sein als die Dirne wider Willen abgeben zu müssen. Ihr Leben war ohnehin zerstört. Sie war allein. Niemand konnte ihr helfen. Die Scham, die sie spürte, war so stark, dass sie sich niemandem hatte anvertrauen können. Sie musste das allein regeln, und das würde sie jetzt tun.

»Komm her, du kleines Luder«, lallte der Schmied. Er packte sie an den Knöcheln und zog sie zu sich. Sein Blick war von Geilheit geprägt. Die Vorfreude stand darin. Doch diesmal war die Freude auf der anderen Seite. Als er ihr den Rock hochschob und nur noch seine Lust vernahm, sah sie den Zeitpunkt gekommen. Sie nahm das Messer, dass sie die ganze Zeit über versteckt gehalten hatte und stach damit nach seinem Hals. Doch der Schmied hatte Glück. Just in diesem Moment verlor er das

Gleichgewicht und kippte vorn über. Das Mädchen trieb ihm die Klinge in die Schulter.

Er schrie auf.

Sie dachte, dass ihr Plan dadurch vereitelt würde. Doch die Tür blieb verschlossen. Wahrscheinlich dachten seine Kumpane, es wäre ein Lustschrei gewesen. Der fette Mann lag nun auf ihr und drückte sie nach unten. Sein Gesicht war schmerzverzerrt.

»Du kleines Miststück«, rief er. »Das wirst du mir büßen.«

Sie verlor keine Worte und keine Zeit. Sie zog das Messer aus der Schulter und rammte es dem Mann in die Seite, drehte es und zog es wieder heraus.

Diesmal schrie er nicht, denn er bekam keine Luft. Sein Lungenflügel war kollabiert. Er rollte sich seitlich von ihr herunter und schlug dumpf auf dem Boden auf. Er röchelte und japste nach Luft. Sie konnte nicht mehr nach ihm schauen, jetzt zählte nur noch ihr Plan. Sie ging zur Tür, riss sie auf und rief: »Schnell, zur Hilfe, er stirbt!«

Zuerst waren die Männer verwirrt. Doch dann sahen sie das Blut an ihren Händen und sprangen auf. Schlagartig nüchtern, rannten sie alle in das Zimmer. Der Vater vorneweg. Dann der Sattler, gefolgt vom Küster und dem Lehrer.

Sie schlich sich in den anderen Raum. Ihr Herz schlug bis zum Hals, als sie die Tür zu ihrem Gefängnis verschloss, und verriegelte. Dann nahm sie die Beine in die Hand und rannte hinaus in den Wald.

Sie rannte und rannte und rannte. Äste schlugen ihr ins Gesicht und zerkratzten ihre Haut. Sie schlug ihre Knöchel an Wurzeln, strauchelte, fiel, rappelte sich auf und rannte und rannte. Immer weiter, bis sie sicher war, dass ihr keiner folgte. Endlich, nach einer kleinen Ewigkeit, gönnte sie sich eine kurze Verschnaufpause.

Sie lehnte an einem Baum und holte Luft. Sie war völlig am Ende. Verdreckt und verschmutzt. Das, was sie am Leib trug, war alles, was ihr blieb. Aber es war ihr egal, sie war glücklich. Sie war frei. Niemals mehr musste sie die Dirne für diese widerlichen Kerle sein. Ihr Vater würde sie nicht mehr verkaufen können wie ein Stück Käse am Markt. Wie es mit ihr weitergehen sollte, wusste sie nicht. Jetzt, wo sie darüber nachdachte, bekam sie es mit der Angst zu tun.

»Wo soll ich denn jetzt hin?«, sprach sie in den Wald hinein.

Panik stieg in ihr auf.

Im Wald leben, kam nicht infrage. Sie würde im Winter entweder erfrieren oder verhungern. Wenn sie es überhaupt bis zum Winter schaffen würde.

Aber sie musste es versuchen.

Es fing an zu regnen.

Schnell wurde ihr kalt. Das dünne Kleid, das sie trug, klebte schnell an ihrem Körper. Sie fror. Weinte und spürte, wie ihre Füße immer kälter wurden. Sie trug keine Schuhe. Ihre Füße waren zerschnitten und taten weh.

Der Regen wurde immer heftiger. Sie kauerte sich an einen großen Baum in den Windschatten.

Dann schloss sie die Augen und wartete auf den Tod.

Gemeinsamkeiten

Kommissar Schuhmann, der Türmer und Matthias Richter machten sich auf den Weg nach Eschersheim, um weitere Informationen aus dem Umfeld der Opfer zu erfahren. Die drei Ermittler saßen in einer Droschke auf der Eschersheimer Landstraße und nutzen die Zeit, um ihre Gedanken auszutauschen.

»Eine Frage geistert mir durch den Kopf, wenn ich an die Opfer denke«, sinnierte der Türmer.

»So?«, hakte Schuhmann nach. »Welche?«

»Wie passt der Richter in das Muster?«

»Du meinst, weil er nicht in Eschersheim wohnte?«

»Genau«, bestätige Heinrich. »Aber er sticht noch mit einer weiteren Besonderheit hervor.«

Die beiden anderen schauten den Türmer fragend an.

»Er war der Einzige unter den Opfern, der einen akademischen Beruf hatte.«

Schuhmann zog die Stirn in Falten.

»Warum sollte das wichtig sein?«

»Ich weiß es nicht, es ist mir nur aufgefallen. Vielleicht hat es ja gar keine Relevanz. Aber wir sollten dennoch alles beachten.«

»Da hast du wohl Recht. Wir gehen dieser Frage auf alle Fälle nach.«

Wenig später hatten sie den Ortskern Eschersheims erreicht. Schuhmann bezahlte den Kutscher und drehte sich zu seinen Kollegen um.

»Ich schlage vor, jeder nimmt sich zunächst einmal ein Opfer vor und befragt die Nachbarn.« Er schaute auf seine Taschenuhr. »Wir treffen uns dann um vier Uhr wieder hier.«

Die beiden anderen Ermittler stimmten zu. Schuhmann verteilte die Positionen und die Gruppe schwärmte aus. Er selbst hatte sich natürlich den Schmied ausgesucht. Nicht zuletzt, weil in dessen Nachbarschaft eine gewisse Erika Öhlenschläger wohnte, die zufällig heute ihren freien Tag hatte. Schuhmann zwang sich jedoch zunächst alle anderen Nachbarn zu befragen, bevor er genügend Zeit hatte, sich intensiv mit Fräulein Öhlenschläger zu befassen.

»Das ist ja eine Überraschung«, freute sich die hübsche Kellnerin, als sie den Kommissar erblickte.

»Ich bin rein dienstlich bei Ihnen, Fräulein Öhlenschläger«, erklärte der Kommissar.

»Das tut meiner Freude keinen Abbruch, Herr Kommissar.« Bei der Aussprache des Wortes Kommissar wurde sie förmlich und straffte ihren Körper. Schuhmann musste Grinsen. Doch das Grinsen erfror, als er aus dem Haus eine Männerstimme hörte, die dröhnend »Wer ist da an der Tür, Erika?«, rief.

»Die Polizei«, rief Erika zurück und lächelte Schuhmann kess an.

»Was?«, rief der Mann von hinten. Schnelle Schritte folgten und wenige Sekunden später stand ein vierschrötiger Mann in der Tür. Er trug dunkle Kleidung, war groß, breitschultrig und ehrfurchtgebietend. Seine Füße steckten in Holzpantoffeln. Er füllte beinahe den gesamten Flur des kleinen Häuschens aus.

»Hast du was angestellt?«, fragte der Mann die junge Frau.

»Nein, nein«, sagte Schuhmann hastig und hob abwehrend die Hände. »Um Gottes Willen. Ich bin nur hier, um ein wenig mehr über den Herrn Gerber zu erfahren.«

»Der ist doch tot«, fuhr der Mann dazwischen.

»Deshalb ja.«

»Was gibt's da noch zu fragen?«

Schuhmann zögerte. Man merkte ihm an, dass er sich unbehaglich fühlte. Er hätte sich denken können, dass Erika nicht alleine wohnte. Das war dumm von ihm gewesen. Aber es half ja nichts. Er zwang sich, seriös zu wirken.

»Kann ich vielleicht hineinkommen, so zwischen Tür und Angel lässt sich das auf die Schnelle schwer erklären.«

»Natürlich«, sagte der Mann und gab den Weg frei. Erika blieb im Türrahmen stehen, sodass der Kommissar beim Vorbeigehen sehr nah an sie herankam. Ihre Blicke trafen sich für den Bruchteil einer Sekunde. Erika senkte verschämt den Blick und der Kommissar kämpfte gegen die ansteigende Hitze in seinem Inneren an. Sie roch fantastisch.

Der Mann, der, wie sich herausstellte, Erikas Vater war, führte den Kommissar in die Küche des Hauses.

»Kann ich Ihnen etwas anbieten?«, fragte er höflich.

»Vielleicht ein Glas Wasser.«

Der Mann nickte Erika zu, die sich sofort daran machte, dem Kommissar ein Glas Wasser zu bringen.

»Also«, sagte Erikas Vater. »Was wollen Sie wissen?«

»Mich würde interessieren, wie Sie den Schmied gesehen haben.«

Der Mann schwieg staunend. Er legte den Kopf schief und sagte: »Damit.« Er hob die rechte Hand und deutete mit Zeige- und Mittelfinger auf seine Augen.

Der Kommissar lachte keuchend.

»Natürlich«, sagte er verlegen. »Ich formuliere neu.«

»Ich bitte darum.«

»Hat Herr Gerber irgendwelche Dinge getan, die nicht normal waren?«

Herr Öhlenschläger zog die Schultern nach oben. »Ich kannte den kaum. War ein Einzelgänger. Eher zurückgezogen.«

»Das haben die anderen Nachbarn auch gesagt«, ergänzte der Kommissar. »Wussten Sie, ob er Feinde hatte?«

»Hat die nicht jeder?«

»Doch, … schon. Aber ich meine solche Feinde, die auch vor einem Mord nicht zurückschrecken.«

»Davon weiß ich nichts.«

»Und das Fräulein Erika?«, wandte sich der Kommissar an die junge Frau, die die ganze Zeit schweigend neben ihrem Vater gestanden hatte.

»Ich hatte eigentlich nicht viel mit ihm zu tun. Allerdings weiß ich, dass er sich einmal im Monat zur Jagd getroffen hat.«

»Wissen Sie zufällig, wer zu dieser Jagdgesellschaft gehört?«

»Wohl eher gehörte«, schob Herr Öhlenschläger dazwischen.

Schuhmann wurde hellhörig.

»Wieso sagen Sie *gehörte*?«, hakte er nach.

»Sind doch alle tot.«

»Wer genau?«

»Na, der Lehrer, der Küster, der Schmied und der Kremer. Alle tot. Viele sind da nicht mehr übrig.«

»Sie meinen, da gibt es noch mehr, die dieser Gesellschaft angehörten?«

»Zwei oder drei.«

Schuhmann wurde unruhig.

»Wer genau?«, rief er eine Spur zu laut. Die beiden Öhlenschläger zuckten zusammen.

»Na, ... so genau weiß ich das auch nicht«, antwortete Herr Öhlenschläger unsicher. Er war vom plötzlichen Aufbrausen des Kommissars eingeschüchtert. »Ich weiß nur, dass der Metzger Hohnstätter immer dabei war. Und der Hofmeister, der ist aber schon gestorben. Viel mehr können es auch nicht gewesen sein, ... war ein eingeschworener Haufen.«

»Wo finde ich den Metzger?«, rief der Polizist hastig. »Schreiben Sie mir die Adresse auf. Schnell.«

Erika holte einen Bleistift und einen Bogen Papier und hielt sie dem Kommissar hin. Dabei bedeutete sie ihm mit einem Blick, dass ihr Vater nicht Schreiben kann. Wortlos nahm Schuhmann Papier und Stift und setzte zum Schreiben an. Öhlenschläger diktierte ihm Namen und Adresse, die der Kommissar notierte.

»Außer dem Metzger fällt Ihnen keiner mehr ein?«, wollte er noch wissen.

Öhlenschläger zuckte mit den Schultern. »Vielleicht sind da noch mehr, aber das müssen Sie den Metzger fragen.« Er deutete mit dem Finger auf die Liste.

5 Jahre zuvor

Sie hatte Alpträume. Am Anfang war sie jede Nacht aufgewacht, gehetzt, verschwitzt, gejagt. In ihren Träumen durchlebte sie immer und immer wieder die Schrecken der Jagdausflüge und die Dinge in der Scheune zu Hause. Bei Ihrer Flucht hatte sie sich schon aufgegeben. Das Letzte, an das sie sich erinnerte, war der Baum, an dem sie sich völlig erschöpft gelehnt hatte und der Regen, der ihr ins Gesicht schlug. Doch dann war sie plötzlich in einem warmen Bett aufgewacht. Eine dicke Decke lag auf ihr und unter ihrem Kopf war ein weiches Kissen. Es war gemütlich. Dennoch erschrak sie. Sie fuhr hoch und schaute sich um. Der kleine Raum war karg möbliert, aber sauber. Ein Fenster, dessen Läden geöffnet waren, warf schummriges Licht in den Raum. Es war still. Sie lauschte. Alles, was sie hörte, waren ihr Atem und ihr Herzschlag.

Sie kletterte aus dem Bett. Unter ihren nackten Füßen spürte sie einen warmen Bettvorleger. Es war angenehm. Sie schlich zur Tür. Unter ihrem Tritt knarrte der Dielenboden. Bei jedem Geräusch erstarrte sie. Kurz bevor sie die Tür erreichte hörte sie Stimmen auf dem Gang. Hastig eilte sie ins Bett zurück und stellte sich schlafend. Sekunden später wurde vorsichtig die Tür zu ihrem Zimmer geöffnet. Sie hörte, wie zwei Personen den Raum betraten und miteinander flüsterten.

»Sie schläft immer noch«, sagte die Frauenstimme.

»Kein Wunder«, antwortete die Männerstimme. »Sie war kurz vor dem Tod.«

»Aber wenigstens atmet sie noch.«

»Sie wird bald aufwachen, dann schauen wir, zu wem sie gehört und bringen sie zurück.«

»In Ordnung«, antwortete die Frau, die jetzt neben dem Bett stand. »Schau nur, wie schön sie ist.«

»Nicht so schön wie du«, sagte der Mann und fügte hinzu: »Außerdem ist sie noch ein Kind.«

Die Frau seufzte.

»Schade, dass der Herr uns Kinder verwehrt hat«, sagte sie traurig. »Ich hätte gerne so ein Mädchen gehabt.«

»Ich weiß, Liebes«, sagte er sanft. »Lass uns gehen, sie braucht Ruhe.«

Die beiden verließen den Raum ebenso leise wie sie ihn betreten hatten. Als die Tür ins Schloss gefallen war, öffnete sie die Augen und war sicher, dass sie jetzt handeln musste. Bevor die beiden sie zurückbringen, würde sie sich lieber umbringen.

Kommissar Schuhmann war der Erste am verabredeten Treffpunkt. Fast zeitgleich trafen der Türmer und Richter ein.

»Da seid ihr ja endlich«, rief Schuhmann ungehalten zur Begrüßung. Heinrich schaute auf seine Taschenuhr. Sie zeigte fünf Minuten vor vier. Er runzelte die Stirn und ließ seinen Blick für sich sprechen.

»Ich habe etwas herausgefunden«, berichtete Schuhmann aufgeregt. »Alle Opfer, außer Frau Reimann, waren Mitglieder einer Jagdgesellschaft.«

»Und alle, außer Kremer, waren alleinstehend«, ergänzte der Türmer.

»Ich habe noch etwas interessantes über die Kremers herausgefunden«, meldete sich Richter zu Wort. Die beiden anderen schauten ihn erwartungsfroh an. »Ich habe eine geschwätzige Nachbarin gefunden. Sie hat mir alles erzählt.« Er hielt kurz inne, um die Dramaturgie zu verbessern. Kurz bevor Schuhmann ihn zum Reden auffordern wollte, begann er.

»Die Kremers litten alle unter dem strengen Vater. Er schlug wohl gerne um sich. Hauptsächlich die eigene Familie. Die Jungs mussten Tag und Nacht auf dem Hof schuften, die Mutter hatte nichts zu sagen. Sie sprach nur, wenn man sie direkt ansprach und dann auch nur sehr schüchtern. Die Nachbarin hat berichtet, dass sie abends oft Schreie aus dem Wohnhaus hörte und tags darauf die Frau mit gesenktem Kopf über den Hof hat schleichen sehen, damit man ihre blauen Augen nicht sah. Herr Kremer hat sich wohl gerne im Dorfkrug volllaufen lassen und seine Frau musste dann zum Frustabbau herhalten und wenn er mit ihr fertig war, hatte er sich die Kinder vorgenommen.«

»Widerlich«, warf der Türmer dazwischen.

»Es kommt noch besser«, sagte Richter gewichtig. »Die Tochter, die seit fünf Jahren verschwunden ist, hat er nie geschlagen. Nicht, dass er besonders nett zu ihr war. Nein, zu ihr war er auch immer herrisch und herzlos, … aber er hat sie nie geschlagen. Sie musste auch nicht auf dem Hof helfen. Sie war immer sauber und hübsch angezogen. Sie hatte eine Sonderstellung.«

»Warum war das so?«, wollte der Türmer wissen.

»Das weiß ich auch nicht. Ich weiß nur, dass sie vor fünf Jahren auf einmal verschwunden war. In die Schule ging sie nicht mehr. Und wenn man nach ihr gefragt hat, hieß es immer nur, sie sei verreist.«

»Verreist?«, riefen Schuhmann und der Türmer erstaunt im Chor.

Richter zog die Schultern nach oben.

»So wurde es mir berichtet. Was soll ich dazu sagen?«

»Merkwürdig ist das schon«, sagte der Kommissar nachdenklich.

»Ich bin noch nicht fertig«, meldete sich Richter zurück. Er wartete, bis er die volle Aufmerksamkeit der Kollegen hatte, legte ein breites Grinsen auf und sagte: »Kurz vor dem ersten Brandanschlag wurde eine Frau auf dem Kremerhof gesichtet, die der vermissten Tochter sehr ähnlich sah. Die Nachbarin wollte es nicht beschwören, dass sie es war; schließlich war sie fünf Jahre weg. Aber sie hatte doch eine starke Ähnlichkeit mit der jungen Greta Kremer von damals.

»Sie ist zurück?«

Richter machte eine unbestimmte Geste.

»Das will ich nicht beschwören«, blieb er vage. »Die besagte Nachbarin hat vor zwei Wochen eine junge Frau über den Kremerhof laufen sehen. Ganz früh am Morgen, es hat geregnet und es war dunkel. Ich will mich da nicht festnageln lassen.«

Schuhmann verzog das Gesicht.

»Das ist wirklich etwas zu dünn.«

»Aber möglich«, ergänzte der Türmer.

»Da werden wir auf alle Fälle nachhaken.«

»Aber nicht mehr heute«, beschloss der Türmer. »Es ist spät und ich muss noch auf dem Turm nach dem Rechten sehen.«

»Ich dachte, Meinhardt übernimmt deine Aufgaben?«, gab der Kommissar zu bedenken.

Der Türmer schaute seinen Freund an. Sein Blick drückte aus, dass die Frage sich von selbst beantwortete.

»Ich glaube, du hast Recht«, gab Schuhmann zu, als er die Absurdität seiner Aussage begriffen hatte. »Du solltest nach dem Rechten sehen.«

Während der Türmer zurückeilte, um den Dom zu retten, machte sich der Kommissar auf den Weg zum Metzger Hohnstätter. Zu seiner Überraschung war der Metzger alles andere als kooperativ.

»Was erzählen Sie für einen Unsinn?«, keifte er, als Schuhmann ihn auf die Gefahr hinwies, das nächste Opfer zu sein.

»Alle bisherigen Ermordeten waren Mitglied in Ihrer Jagdgesellschaft, Herr Hohnstätter. Gibt Ihnen das nicht zu denken?«

»Ich habe mit denen nichts mehr zu schaffen. Seit Jahren. Und ich wüsste nicht, warum mir jemand nach dem Leben trachten sollte. Sie sehen Gespenster.«

»Ich kann Ihnen Schutz anbieten.«

»Und ich verzichte.«

Schuhmann versuchte noch eine geraume Zeit, den Sturkopf zu überzeugen, doch es war sinnlos. Der Metzger hatte sogar gedroht, sich offiziell zu beschweren, sollte er auch nur einen Polizisten in seiner Näher sehen. Schuhmann sah ein, dass es keinen Sinn machte, den Metzger gegen seinen Willen zu beschützen.

Letztendlich blieb ihm nichts anderes übrig, als unverrichteter Dinge abzuziehen.

Verkauft

Der Türmer kam eine knappe Stunde später am Fuße des Domturms an. Auf den Stufen zum Eingang saß Meinhardt. Er wirkte erschöpft. Neben ihm saß Goliath und sprang freudig auf, als er den Türmer erblickte.

»Guten Abend, Meinhardt«, sagte der Türmer und tätschelte Goliath zur Begrüßung das kleine Köpfchen.

»'nabend«, murmelte Meinhardt.

»Geht's dir gut, Meinhardt?«, wollte der Türmer wissen.

»Ging mir nie besser.«

»Du siehst irgendwie müde aus.«

Meinhardt hob den Kopf und starrte den Türmer an. Sein Gesicht war aschfahl. Dunkel Ringe unter den Augen zeugten von einer unausgeglichenen Lebensweise. Die Augen waren blutunterlaufen, die Frisur wild durcheinander, der Schnurbart war alles andere als symmetrisch und auf den Wangen des Pförtners sprießten graumelierte Stoppeln.

»Himmel«, stieß der Türmer aus, als er das Gesicht des Pförtners sah. »Was ist geschehen? Wurdest du angegriffen?«

»Wie kimmsten da druff?« Der Pförtner wuchtete sich auf die Beine. Dabei verzog er das Gesicht, als hätte er in eine Zitrone gebissen. »Ich bin nur e´ bissi abgeschafft.«

Der Türmer unterdrückte den Zwang, dem Pförtner unter die Arme zu greifen. Meinhardt schwankte, konnte sich aber schnell stabilisieren.

»Was ist mit dir?«, hakte der Türmer nach.

»Ich hab´ solsche Schmerze«, jammerte der Pförtner. »Isch kann nemmer laafe.«

»Soll ich einen Arzt rufen?«, zeigte sich Heinrich besorgt.

Meinhardt hielt inne, schaute den Türmer an und sagte missbilligend: »Maanste, isch mach misch zum Affe? Isch hab´ Muskelkater und kaan Herzstecker.«

Heinrich kam die Erleuchtung. Fast gleichzeitig erschein das schlechte Gewissen. Jetzt erklärte sich der Zustand des Pförtners. Er musste ja die ganze Zeit, während er zur Polizei abgeordnet war, die Aufgaben des Türmers übernehmen. Und dazu musste er mehrfach den Turm hoch und runter laufen. Das war der Körper des Pförtners einfach nicht gewöhnt.

Heinrich unterdrückte ein Kichern. Ein Grinsen konnte er jedoch nicht vermeiden.

»Was grinsten so bleed?«, keifte sofort Meinhardt. »Des iss doch alles dei´ Schuld, du Verpisser.«

»Naja, Verpisser finde ich zu hart«, wehrte der Türmer halbherzig ab. »Ich bin ja nicht freiwillig zur Polizei, die haben mich angefordert.«

»Oh, das macht es gleich besser«, schlug der Pförtner einen aristokratischen Tonfall an. »Der Hörr ist angefordert worden«, wiederholte er gestelzt mit rollenden Augen. »Das macht es gleich besser.«

»Jetzt hör´ schon uff«, beschwichtigte der Türmer.

»Nee, tu isch nett«, rief Meinhardt. »Du siehst zu, dassde den Drecksack schnappe tust un‘ widder beikimmst.«

»Ich gebe mir die allergößte Mühe.«

»Des sei dir ach gerade«, sagte Meinhardt und stakste davon. Nach ein paar Schritten drehte er sich um und sagte: »Ich hab net alles gepackt, musst noch nachem Dach un´ nach de Stormglock gucke. Isch geh´ jetzt haam und leck´ mei´ Wunde.«

Heinrich sah ihm noch eine Weile kopfschüttelnd nach und stieg den Turm hinauf, um den Rest der Arbeit zu erledigen, den Meinhardt nicht mehr gemacht hatte. Wie sich bald herausstellte, hatte Meinhardt gar nichts gemacht. Vermutlich hatte er gerade ein oder zwei Besuchergruppen durch den Turm geführt und danach einen Zusammenbruch bekommen, den er auskostete. Also machte sich der Türmer daran, wenigstens die wichtigsten Dinge zu erledigen. Schnell bemerkte Heinrich, dass ihm die vertraute Routine guttat. Wenig später fiel er müde ohne Abendessen in sein Bett und schlief tief und fest bis zum nächsten Morgen.

Schon früh am nächsten Morgen machten sich Schuhmann und der Türmer auf den Weg nach Eschersheim, um besagte Nachbarin zu befragen.

»Was wolle´ Sie dann schon widder hier?«, begrüßte die Nachbarin sehr unfreundlich die beiden Ermittler. »Isch hab doch gestern Ihrm Kollesch schon alles gesacht.«

»Dessen sind wir uns bewusst, Frau …«

»Himmelreich heisisch«, bellte die Frau. Sie war hässlich. Anders konnte man es nicht beschreiben. Ihre Augen quollen beinahe aus ihrem Gesicht, das mit Warzen übersät war. Unter ihrem Kopftuch zeigten sich fettige graue Haarsträhnen, ihr Kinn war spitz und ihre Nase viel zu klein für das massige Gesicht. Ebenso unförmig war ihr Körper. Klein, krumm und fett. Das schmutzige Kleid, das sie trug passte in die Gesamtkomposition. Sie war, um es mit einem Wort zu beschreiben: abstoßend.

»Nun, Frau Himmelreich«, fuhr der Kommissar fort. »Umso dankbarer sind wir, dass Sie sich erneut Zeit für uns nehmen. Wir denken, dass Sie sehr wichtige Informationen für uns haben könnten.«

»Papperlapapp. Was soll'n isch schon wisse´?«

»Sie haben berichtet, dass Sie ein paar Tage bevor der Kremerhof abbrannte eine Frau gesehen haben, die der Tochter des Hauses ähnlich sah.«

»Die sah so aus. Des schwör´ isch.«

»Wie sicher sind Sie sich?«

»Hunnertprozentisch.«

»Ist das nicht ein wenig gewagt?«, schaltete sich der Türmer ein und löste damit sofort die entsprechende Reaktion bei Frau Himmelreich aus.

»Soll des heiße, isch würd´ lüsche?«

»Wir wissen, dass es an diesem Morgen geregnet hat. Und wenn Sie sagen, es war vier Uhr am Morgen, war es dazu auch noch sehr dunkel. Da kann man schon mal daneben liegen.«

»Hör mal zu, mei´ Bübsche«, sagte Frau Himmelreich und stemmte die Fäuste in die Hüfte. »Isch saach des jetzt nur einmal. Also pass´ genau uff.« Sie machte eine theatralische Pause, in der sie ihren Körper seltsam verbog. Dann sprach sie mit erhobenem Zeigefinger weiter. »Wenn isch saach, isch hab´ die klaa Kremern gesehe´, dann hab´ isch die klaa Kremern gesehe´. Is´ des bei dir agekomme?« Sie machte einen Schritt auf Heinrich zu. Ihre

Augen waren zusammengekniffen. Ihre ganze Körperhaltung war auf Krawall gebürstet. Der Türmer wich zurück. Wohl auch, weil Frau Himmelreich nicht nur hässlich war, sondern auch noch fürchterlich roch.

»Ja doch«, sagte er und hob abwehrend die Hände. »Ich glaube Ihnen ja.«

»Des will isch aach meine. Und jetzt macht eusch vom Acker, isch hab´ net de´ ganze Taach Zeit fier euern Firlefanz.«

Damit war die Befragung zu Ende. Grußlos ging Frau Himmelreich in den Stall. Von weitem konnte man sie rufen hören. »Morsche, mei´ klaane Schweinscher, die Mamma kimmt zum Füttern.«

Die beiden Freunde schauten sich an, grinsten und machten sich auf den Weg zum Nachbarshof, um die Brüder Kremer nach der Schwester zu befragen.

5 Jahre zuvor

Sie war wie ein verschrecktes Tier, das in die Enge getrieben wurde. Sobald einer der beiden das Zimmer betrat, zog sie die Beine zum Kinn und kauerte sich in die Ecke des Raumes. Sie waren nett, alle beide.

»Keine Angst«, sagte der Mann immer wieder. »Ich bringe dir nur etwas zu essen.«

Er stellte das Tablett auf den Nachttisch und ging wieder, ohne sich um sie zu kümmern. Sie wartete darauf, dass er die Tür verriegelte, was aber nicht geschah. Sie wartete einen Moment und ging dann vorsichtig zur Tür. Sie griff nach der Klinke und drückte sie unendlich langsam nach unten. Dann zog sie an der Tür. Sie ließ sich öffnen.

Tatsächlich, dachte sie. Er hat vergessen mich einzusperren.

Sie schlüpfte durch den Türspalt und ging den Flur entlang. Dabei fiel ihr auf, dass ein Teppich auf dem Boden lag und endlos viele Zimmer den Flur säumten. Ein riesiges Haus musste das sein, dachte sie sich. Bin ich in einem Schloss gefangen? Sie lachte ungewollt. Wie eine Prinzessin, dachte sie.

Sie erreichte alsbald eine große Treppe, die nach unten führte. Barfuß und im Nachthemd schlich sie hinab. Nach ein paar Schritten hörte sie Stimmen. Die Hausherren schienen sich zu unterhalten. Sie kauerte sich auf die Treppe. Vorsichtig duckte sie sich weiter, bis sie die beiden Hausbesitzer in einem riesigen Raum, der einen Kamin hatte und vollgestopft war mit allerlei sinnlosen Dingen wie Büchern, Bildern und kunstvollen Statuen, sitzen sah. Das Feuer im Kamin knisterte behaglich und eine flackernde Dämmerung umspielte das Ehepaar.

»Wie geht es ihr?«, fragte die Frau.

»Unverändert«, antwortete der Mann traurig. »Sie muss Schreckliches durchgemacht haben.«

»Gib ihr Zeit«, sagte die Frau. »Sie ist erst ein paar Tage bei uns. Sie wird uns schon noch sagen, wo sie hingehört.«

»Vermutlich hast du Recht.«

Die Türglocke läutete, doch keiner der beiden machte Anstalten, die Tür zu öffnen. Das verwirrte sie. Doch schon wenige Augenblicke später wurde die große doppelflügelige Tür zu dem Zimmer geöffnet und ein elegant gekleideter Mann betrat den Raum. Steif sagte er: »Ein fremder Herr möchte sich nach dem Mädchen erkundigen.«

Sie zuckte zusammen. Das musste ihr Vater sein. Panik stieg in ihr hoch.

»Soll ich ihn wegschicken?«, fragte der Diener.

»Nein«, sagte der Mann entschlossen. »Schicken Sie ihn zu mir. Ich will hören, was er zu sagen hat.«

»Berthold, bitte«, sagte die Frau. »sei vorsichtig. Wer weiß, was das für einer ist.«

»Keine Sorge, meine Liebe. Ich bin auf der Hut.«

Nach einigen Augenblicken betrat der Diener in Begleitung Herbert Kremers den Raum. Er wirkte wie ein Fremdkörper in dieser feinen Umgebung. Er schaute sich um und machte eine anerkennende Miene.

»Net schlecht«, sagte er und durchschritt das Zimmer. Dabei fasste er einige Dinge an, scheinbar um zu prüfen, ob sie echt sind.

»Was wollen Sie?«, fragte der Hausbesitzer scharf.

»Sie haben etwas, das mir gehört.«

»Wie kommen Sie darauf?«

»Man erzählt sich so einiges in der Stadt über Sie.«

»Wen interessiert das?«

»Mich zum Beispiel.«

»Ich frage Sie noch einmal«, drängte der Mann. »Was wollen Sie?«

»Meine Tochter zurück.«

»Was haben Sie mit dem Kind getan?«

»Nichts«, sagte Kremer mit gespieltem Entsetzen. »Sie ist mein Augapfel. Ich würde ihr nie ein Haar krümmen.«

»Das sehe ich anders.«

»Sagen Sie etwa, ich sei ein schlechter Vater?«

»Ich sage, dass Sie sie verprügelt haben oder Schlimmeres mit ihr getan haben. Sie sind ein niederträchtiger Mensch, der ein Kind nicht verdient.«

»Uih«, machte Kremer mit gespielter Betroffenheit. »Das sind harte Worte. Sie kennen mich doch gar nicht. Ich bin ein Muster an Gutmütigkeit.«

Berthold schnaubte verächtlich.

»Lange Rede, kurzer Sinn«, kam Kremer auf den Punkt. »Sie ist meine Tochter und ich nehme sie wieder mit. Wo ist sie?«

»Nein.«

»Wie bitte?«

»Nein.«

Kremer lachte humorlos.

»Das ist doch wohl ein Witz.«

»Mitnichten. Sie bleibt hier.«

»Sagt wer?«

»Ich.«

»Kraft welcher Befugnis?«

Berthold stutzte. Er hatte keine Befugnis. Das wusste er. Er wusste aber auch, dass er das Kind diesem Menschen nicht aushändigen durfte.

»Wieviel?«

»Wie bitte?«

»Wieviel kostet sie?«

Kremer lachte schallend.
Das Mädchen saß auf der Treppe und wagte nicht zu atmen.
»Das ist tatsächlich Ihr Ernst«, erkannte Kremer nach einer Weile.
»Sehe ich aus, als würde ich spaßen?«, fragte Berthold streng und blieb mit eiserner Miene vor Kremer stehen.
Kremer schien zu überlegen. Dann sagte er: »Sie steht nicht zum Verkauf.«
»Unsinn. Jeder hat seinen Preis.«
»Nein, nein«, sagte Kremer beschwichtigend. »Sie verstehen mich falsch. Ich sagte zwar, dass sie nicht zum Verkauf steht. Allerdings könnte ich sie euch vermieten.«
»Vermieten?«
»Ja. Ist doch viel besser als kaufen.«
»Wieviel?«
»Hundertfünfzig Reichsmark im Monat.«
»In Ordnung«, sagte Berthold ohne zu zögern. »Aber wenn Sie nur ein Sterbenswörtchen über unsere Vereinbarung verlieren, werden Sie keinen Heller mehr sehen. Ich werde Ihnen nicht nur die Zahlung streichen, ich werde Sie darüber hinaus ruinieren. Glauben Sie mir, dazu bin ich fähig. Ich habe Verbindungen, von denen Sie nur träumen können. Ist das bei Ihnen angekommen?«
»Ich werde schweigen wie ein Grab.«

Überlebende

Als der Kommissar und Matthias Richter am nächsten Morgen bei den Kremers auftauchten, waren die beiden Brüder gerade dabei, die Reste des Brandanschlages zu entfernen. Es waren nur noch ein paar Grundmauern vom Wohnhaus sichtbar. Die Brüder hatten schmutzig verschwitzte Gesichter. Sie zeigten sich gleichgültig über den unerwünschten Besuch.

»Guten Tag, die Herren«, grüßte Schuhmann und blieb an den Resten der Eingangstür stehen. Die beiden Kremers murmelten einen Gruß zurück, unterbrachen ihre Arbeit aber nicht.

»Dürfen wir reinkommen?«, fragte Richter. Gleichzeitig bemerkte er seinen ungewollten Sarkasmus. Er lief rot an, als ihm die beiden Kremers einen hasserfüllten Blick zuwarfen. Er räusperte sich und sagte: »«Entschuldigung, ich wollte Sie nicht verhöhnen. Ich wollte nur höflich sein.«

»Schon gut«, sagte Richard und legte die Schaufel nieder. »Was können wir für Sie tun?« Er hob einen Wasserschlauch auf, öffnete ihn und nahm einen tiefen Schluck. Dann ließ er einen Teil davon über sein Gesicht laufen. Er reichte den Schlauch an seinen Bruder weiter, der es ihm gleicht tat.

»Wir haben da ein paar Fragen zu Ihrer Schwester«, eröffnete Schuhmann.

Die beiden Männer stockten.

»Sie ist weg«, sagte Richard. »Schon lange.«

»Wir haben Grund zur Annahme, dass sie zurückgekehrt ist.«

Beide Männer verzogen keine Miene. Nach einer Weile war es erneut Richard, der sprach.

»Verzeihen Sie, wenn wir so wenig Emotionen auf diese Aussage zeigen«, sagte er kühl. »Aber wir haben in den letzten Jahren schon zu oft darauf gehofft, dass Greta wieder auftaucht. Aber wir haben uns damit abgefunden, dass sie wohl tot ist.«

»Eine Zeugin beschwört, dass Ihre Schwester ein paar Tage vor dem Anschlag auf Ihren Hof hier gesehen wurde.«

»Dann hat sie wohl einen Geist gesehen«, bemerkte Ludwig trocken und nahm seine Schaufel wieder in die Hand.

»Entschuldigen Sie uns. Wie Sie sehen ...«, er machte eine allumfassende Geste, » ... haben wir jede Menge Arbeit.«

»Dann muss die Arbeit wohl noch einen Moment warten«, erwiderte Schuhmann streng. »Hier geht es nicht um einen Ladendiebstahl, meine Herren. Hier geht es um Mord.«

»Mehrfachen, um genau zu sein«, fügte Richter an.

»Wollen Sie uns wieder verhaften?«, provozierte Richard.

»Sparen Sie sich Ihren Spott, Herr Kremer«, zeigte sich Schuhmann gereizt. »Wir werden den oder die Mörder finden, verlassen Sie sich darauf.« Er schaute sich um. »Sie haben doch sicher nichts dagegen, wenn wir uns auf dem Gelände ein wenig umsehen?«

»Nur zu«, sagte Richard. »Wenn Sie Greta finden, lassen Sie es uns wissen, wir würden sie gerne wiedersehen.«

Zögerlich verließen der Kommissar und sein Mitarbeiter die Ruine. Schuhmann stand jetzt zentral auf dem Gehöft und schaute sich nachdenklich um.

»Wo kann man sich hier verstecken?«, fragte er mehr sich selbst als seinen Gehilfen. Doch Richter gab trotzdem Antwort.

»Das könnte schwierig sein«, bemerkte er. Auch er schaute sich um.

»Lassen Sie uns erstmal die Nebengebäude untersuchen«, schlug Schuhmann vor und machte sich auf den Weg.

5 Jahre zuvor

Zwei Wochen lebte Greta jetzt schon bei den von Schülers. Der Mann, Berthold, und seine Gattin Edeltraud waren nicht nur sehr wohlhabende, sondern auch wunderbare Menschen. Nie hörte Greta ein böses Wort aus dem Mund des Ehepaares. Sie hatten ihr offen und ehrlich gesagt, was vorgefallen war.

»Dein Vater hat dich an uns vermietet«, hatte Berthold ihr einen Tag nach dem Besuch von Gretas Vater eröffnet. Sie war nicht schockiert, weil sie es ja mitbekommen hatte, wie ihr Vater sie regelrecht verschachert hat. Sie weinte ihm keine Träne nach. Hier war sie vor ihm sicher; das war alles, was zählte. Und ihre neuen Eltern schienen nett zu sein.

»In Ordnung«, sagte sie zu Berthold, der sich freute, endlich ein Wort aus ihrem Mund zu hören, weshalb er mit gespielter Überraschung sagte: »Du kannst sprechen?«

Greta lachte leise. Plötzlich fiel ihr auf, wie schön sich ein eigenes Lachen anfühlte. Sie konnte sich nicht erinnern, wann sie das letzte Mal gelacht hatte. In ihrem Leben gab es einfach nichts zu lachen.

»Klar, kann doch jeder«, sagte sie und grinste verlegen.

»Ich hoffe, du bist mir nicht böse, dass ich deinem Vater Geld gebe, damit du hier bleibst.«

»Im Gegenteil«, beeilte sie sich zu sagen. »Ich bin froh, dass ich weg von ihm bin. Er hat, ...« Sie stockte und brach ab.

»Du musst es uns nicht erzählen, Liebes«, sagte Berthold sanft und strich ihr über das Haar. »Hier tut dir keiner was.«

Sie weinte lautlos, während er einfach nur neben ihr saß und stillen Beistand leistete. Einige Minuten später kam Edeltraud ins Zimmer.

»Ist alles in Ordnung bei euch?«, fragte sie.

»Alles wunderbar«, sagte Berthold. »Lassen wir Greta alleine, damit sie sich ausruhen kann.«

»Nein, nein«, rief Greta und wischte sich mit dem Ärmel ihrer Bluse die Tränen aus dem Gesicht. »Ich will alles sehen.«

So, wie sich die Sache darstellte, war das Martyrium endlich beendet. Das dachte sie zumindest in diesem Moment. Und für eine Weile war es auch so.

»Ich glaube, außer Ratten finden wir hier nichts«, sagte Richter resigniert. »Jetzt waren wir in allen Gebäuden und haben nicht den Hauch eines Hinweises entdeckt.«

Der Kommissar nickte und schwieg nachdenklich.

»Ich bin mir sicher, dass es hier etwas gibt«, sagte er wütend. »Ich weiß, dass die Kremers etwas mit den Morden zu tun haben.«

»Woher?«

»Keine Ahnung. Ist nur so ein Gefühl.«

»Naja«, machte Richter. »Mit Gefühlen kann man keinen Fall lösen.«

»Deshalb brauchen wir ja auch Beweise.«

»Die finden wir scheinbar nur, wenn wir sie auf frischer Tat ertappen.«

»Ich denke, das wird schwierig.«

»Wir müssen sie nur beschatten«, warf Richter ein.

»Wenn sie denn noch einen Mord begehen.«

»Hä?«

»Mir sieht das alles nach einem Rachefeldzug aus«, sagte der Kommissar. »Es sind ausgewählte Opfer. Alle bis auf den Richter alleinstehend, alle gehörten er gleichen Jagdgesellschaft an, alle Männer, ...«

» ... bis auf Frau Reimann«, erwähnte Richter.

»Sie gehört nicht wirklich in die Reihe. Sie hatte Pech oder war zu unvorsichtig oder zu gierig. Das finden wir schon noch heraus. Zuerst müssen wir eine Verbindung der Opfer zum Motiv finden.«

Richter runzelte skeptisch die Stirn.

»Dennoch möchte ich, dass die Kremers rund um die Uhr beschattet werden. Sie sind noch nicht entlastet. Wir finden schon noch das Streichholz, das die Häuser angesteckt hat.«

In diesem Moment fuhr mit lautem Getöse eine Feuerwehrspritze auf der Straße am Kremerhof vorbei. Die beiden Polizisten blickten sich entsetzt an.

»Nicht schon wieder«, rief Schuhmann und rannte los. Auf der Straße angekommen, sah er die Rauchwolke über dem Ortskern von Eschersheim. Auf dem Weg dorthin trafen sie den Türmer.

»Heini, wie kommst du denn hierher? Ich dachte, du müsstest Meinhardts Fehler ausbügeln«, fragte Schuhmann.

»Ich habe ein bisschen schneller gemacht und wollte dich hier unterstützen. Wie man sieht, kann man dich ja nicht alleine lassen.« Der Türmer deutete auf die dunkle Rauchwolke.

Sie rannten gemeinsam auf die Brandstelle zu, suchten sich ihren Weg durch die Gassen des Dorfes und standen alsbald vor dem brennenden Haus. Es stand komplett in Flammen. Aus allen Fenstern züngelten die gelben Fahnen. Der rote Hahn saß auf dem Dach, schwarzer Rauch stieg empor. Kommissar Schuhmann erblickte den Wehrführer Alfred Häger und packte ihn am Arm. Dieser wollte gerade protestieren, als er den Polizisten erkannte.

»Wer wohnt dort?«, rief er gegen den Lärm.

»Das ist das Haus vom Metzger Hohnstätter«, rief der Wehrführer.

»Verdammt, ich habe es gewusst! Ist er noch drin?«

»Keine Ahnung, wir suchen ihn noch.«

»Dann muss einer reingehen«, drängelte Schuhmann.

Häger starrte den Polizisten entsetzt an.

»Ich schicke da niemanden rein«, sagte er ernst. »Das Haus ist verloren.«

»Dann gehe ich«, entschied der Türmer und rannte los. Weder Gerhard Schuhmann noch Alfred Häger konnten so schnell reagieren. Als sie begriffen hatten, welche Dummheit Heinrich Niemann begehen wollte, war es bereits zu spät. Der Türmer stellte sich in den Wasserstrahl der Spritze, um seine Kleidung zu durchnässen, dann rannte er in das Haus hinein. Die Rufe der Kollegen und der Polizisten, die ihn aufhalten wollten, hörte er nicht. Er war froh, endlich mal wieder in einem Feuer zu sein. Der Rauch füllte den Flur, den er zuerst betrat, nur bis zur Hälfte. Auf allen Vieren arbeitete sich Niemann weiter. Die Sicht war neblig aber nicht so dicht, dass man nichts sehen konnte. Umrisse waren zu erkennen.

»Herr Hohnstätter!«, brüllte Heinrich laut. Das Feuer knisterte, hatte das Fachwerk erfasst und fraß sich gierig durch das Gebälk. Es war heiß. Der Türmer atmete Rauch ein, hustete ihn wieder aus. Seine Lungen brannten. Noch einmal rief er nach dem Metzger.

»Hier«, hörte der Türmer eine Stimme. Sie kam von links. Heinrich robbte, jetzt auf dem Bauch, ganz dicht am Boden. Es dauerte endlose Sekunden, bis Heinrich in dem Raum war, aus dem er die Stimme gehört hatte. Er rief erneut und bekam diesmal ganz nah eine Antwort. Dann endlich bekam er ihn zu packen.

»Ich bin gefesselt«, keuchte der Metzger unterbrochen von Husten. »Sie müssen mich erst losbinden.«

»Ich habe ein Messer«, sagte Heinrich, froh darüber, immer eines einstecken zu haben. Man weiß ja nie, wann man eines braucht. Er nestelte das Messer hervor, tastete nach den Fesseln und durchtrennte sie.

»Meine Füße auch«, rief Hohnstätter.

Unter größter Anstrengung schaffte es Heinrich, auch diese Fesseln zu durchtrennen.

»Und jetzt raus«, rief er und half dem Opfer auf die Beine. Er schubste ihn vor sich her. Beide stolperten durch die Blindheit, atmeten den schwarzen Tod ein, verbrannten sich an den Flammen und kamen mit dem letzten Satz vor die Tür, bevor das Haus in sich zusammenbrach. Der Metzger Erwin Hohnstätter lag im Vorgarten seines Hauses und war gerettet.

»Wo ist Heini?«, brüllte der Kommissar. Er packte den Metzger am Kragen. »Wo ist der Mann, der Sie gerettet hat?«

»Er war direkt hinter mir.«

Schuhmann ließ den Mann los und schaute auf das zusammengestürzte Haus. Es lag in Trümmern vor ihm. Irgendwo da drin war sein Freund begraben. Und es brannte immer noch lichterloh. Jetzt verlor der Kommissar die Nerven und rannte zu dem Haus. Er wuchtete mit bloßen Händen brennende Balken aus dem Weg und ignorierte die Schmerzen, die er sich durch die Verbrennungen zuzog. Er nahm Balken um Balken, rief um Hilfe, die alsbald kam und suchte verzweifelt nach seinem Freund, der unter den Trümmern lag. Endlich hatte er ihn gefunden. Ein Bein schaute unter einem Balken hervor.

»Hier«, schrie Schuhmann und wuchtete den Balken, der den Türmer bedeckte zur Seite. Die Feuerwehrmänner kamen zur Hilfe. Gemeinsam bargen sie den Türmer aus den Trümmern und schleppten ihn in sicheres Terrain.

Heinrich Niemann lag auf dem Rasen des Nachbargrundstückes und öffnete die Augen nicht mehr.

Gute Jahre

2 Jahre zuvor

Das Ehepaar von Schüler bot dem jungen Mädchen Greta ein Zuhause, wie man es sich nur wünschen konnte. Man hatte schnell die Mär erfunden, dass Greta eine Nichte aus Düsseldorf sei, deren Eltern bei einem Unfall in Afrika ums Leben kamen. Sie waren die einzigen Verwandten des armen Geschöpfs und nahmen sie natürlich bei sich auf. Um peinliche Nachfragen zu vermeiden, wies man gleich daraufhin, dass Greta sehr traumatisiert ist, was den Verlust ihrer Eltern betraf und man sich verbat, sie darauf anzusprechen.

Das Haus war riesig. Dienstboten lasen jeden Wunsch von den Lippen ihrer Herrschaften ab. Drei Mahlzeiten pro Tag ließen Greta alsbald zu Kräften kommen. Jeden Tag kam ein Privatlehrer in die Villa, der Greta nicht nur Lesen und Schreiben beibrachte, sondern auch das Rechnen, Erdkunde, Geschichte und Biologie. Alles war neu für Greta, die in der Schule kaum etwas mitbekommen hatte. Sie hatte andere Dinge im Kopf gehabt als das Lernen. Niemand bedrängte sie, ihre Geschichte zu erzählen. Niemals fragten die von Schülers nach, warum sie damals allein, halbverhungert und völlig erschöpft im Wald saß. Niemals fiel ein böses Wort im Hause der von Schülers. Greta war so unendlich dankbar für ihre Rettung, dass sie ein gehorsames Kind war. Niemals stellte sie irgendetwas infrage. Sie war einfach nur froh und glücklich, endlich in Frieden leben zu können, ohne Angst, dass sie in irgendeine dunkle Scheune gezerrt wurde, wo sie von einem schwitzenden stinkenden Unhold bestiegen wurde. Allein der Gedanke daran ließ sie schaudern. Zum Personal des Hauses von Schüler gehörte auch Bernadette, das Hausmädchen. Nach und nach entwickelte sie sich zu einem Bezugspunkt in Gretas Leben. Sie hatte die Anweisung der Hausherren, sich um das Mädchen zu kümmern. Und das tat sie. Sie war der Schatten Gretas. Von Beginn an entwickelte sich zwischen den beiden Frauen eine innige Beziehung, aus der bald mehr wurde. Ein ähnliches

Verhältnis zu einem Menschen wie zu Bernadette hatte Greta bis dahin noch nie gehabt. Bernadette war ihre Vertraute, ihre Zofe, ihre Lehrerin in Lebensfragen und beste Freundin. Ihr Vertraute sie alles an. Sie war die Einzige, die wusste, was mit ihr geschehen war. Eines Tages, Greta war nach einem Alptraum schreiend erwacht, öffnete Greta Bernadette ihr tiefschwarzes Herz. Sie erzählte der Zofe alles. Sie erzählte ihr, wie ihr Vater sie an die Männer im Dorf verkaufte, wie sie ihnen zu Diensten sein musste von frühester Kindheit an. Wie sie später bei den soggenannten Jagdausflügen die Lust-Sklavin in der Hütte wurde und von ihrer Flucht, bei der sie den Schmied mit dem Messer verletzt hatte.

Die Zofe war schockiert. Greta bat darum, dieses Geheimnis niemandem preis zu geben und Bernadette hielt Wort. Jetzt war sie sechzehn Jahre alt, wunderschön und wohlbehütet. Sie wuchs unter der schützenden Hand der von Schülers heran zu einer wunderschönen Frau, die hinaus musste in die Welt.

»Warum darf ich nie alleine in die Stadt?«, fragte sie eines Tages beim gemeinsamen Frühstück mit ihren Zieheltern.

»Wer sagt das?«, zeigte sich Berthold überrascht.

Greta überlegte kurz.

»Eigentlich niemand«, erwiderte sie nach einer Weile. »Aber immer, wenn ich einmal einen Spaziergang machen möchte oder eine Ausfahrt mit der Kutsche, ist jemand bei mir. Entweder ist Bernadette dabei oder Karl.«

»Aber Karl ist unser Kutscher, wer soll dich denn sonst fahren?«, lachte Edeltraud. »Und Bernadette ist doch wohl mehr als nur deine Zofe. Sie ist deine Freundin. Warum willst du sie nicht dabei haben?«

»So habe ich das nicht gemeint«, stellte Greta klar. »Natürlich ist Bernadette meine Freundin und ich mag sie sehr. Und auch Karl ist sehr nett zu mir.« Sie nahm die Serviette von ihrem Schoß, tupfte ihren Mund ab und faltete sie gewissenhaft, um sie dann neben den Teller zu legen. »Ich bin jetzt eine Frau und brauche ab und an einmal ein wenig Privatsphäre.«

Das Ehepaar von Schüler wusste, dass dieser Tag kommen würde und sie waren sich einig, dass sie große Angst davor hatten. Ihre besorgten Blicke trafen sich und zeigten Ratlosigkeit. Letztendlich wussten sie, dass sie Greta nicht auf ewig beschützen konnten. Dennoch versuchten sie es, weshalb Berthold einen Vorschlag machte.

»In Ordnung«, sagte er. »Ich gestehe, dass es Zeit wird, dich in die Gesellschaf einzuführen. Lass uns einen Ball zu deinen Ehren veranstalten.«

Greta war begeistert und stürzte sich voller Vorfreude in die Vorbereitungen. Zusammen mit Edeltraud erstellte sie eine Gästeliste. Es war Greta nicht bewusst, dass die von Schülers derart viele wichtige Leute kannten. Geschäftsleute, Politiker, Künstler und Mäzene. Alles, was in Frankfurt und Umgebung Rang und Namen hatte, wurde zum Debütantinnenball Gretas eingeladen. Sie war sich bis dahin nicht bewusst, in welchen Kreisen sie sich bewegte. So wurde ihr ein wenig mulmig, als sie sich ihrer Herkunft erinnerte.

»Edeltraud«, sagte sie deshalb eines Morgens. »Ich weiß nicht, ob ich das alles hinbekomme.«

»Was meinst du, Liebes?«

»Das mit dem Ball.«

»Was ist damit?«

Greta seufzte.

»Ich bin nur ein einfaches Bauernmädchen, das hier bei euch Unterschlupf gewährt bekommt. Ich bin nicht Teil eurer Welt.«

»Warum sagst du so etwas?«, fragte Edeltraud sanft und schaute verletzt. »Du bist unsere Tochter, wenn auch nicht leiblich. Du bist das Kind, das wir uns immer schon gewünscht haben.« Sie lächelte und streifte eine Haarsträhne aus Gretas wunderschönem Gesicht. »Wir lieben dich, als wärst du unser eigen Fleisch und Blut. Und deshalb bekommst du diesen Ball.«

»Aber, ...«, Greta zögerte. Edeltraud wartete geduldig, bis sich die junge Frau gefasst hatte. »... was ist, wenn mich jemand von früher erkennt?«

»Steht denn jemand auf der Liste, den du von früher kennst?«

Greta schüttelte den Kopf.

»Siehst du, ... also was soll schon passieren?«

Schlechte Zeiten

Heinrich war immer noch nicht wieder bei Bewusstsein. Er lag jetzt schon seit einer Woche in tiefer Ohnmacht im Hospital zum Heiligen Geist. Klara wachte beinahe ohne Unterbrechung an seinem Bett und litt Höllenqualen. Sie stellte sich ein ums andere Mal die Frage, warum ihr geliebter Mann diese Dummheit begangen hatte. Dann aber fühlte sie auch Stolz. Er hatte sein Leben riskiert und vielleicht verloren, um ein anderes zu retten. Doch was war das Leben des anderen wert im Vergleich zu seinem?

Wie sich herausstellte, war dieser Metzger Hohnstätter kein guter Mensch gewesen. Er hatte sich noch nicht einmal bei Heinrich bedankt oder ihr sein Mitgefühl ausgesprochen, und das, obwohl er drei Tage neben ihm im Bett gelegen hatte und bei vollem Bewusstsein gewesen war. Er konnte schnell entlassen werden. Lediglich ein paar Schrammen und eine Rauchvergiftung waren bei ihm zu beklagen. Sein Retter, der direkt neben ihm lag, war für ihn nicht existent. Er jammerte nur die ganze Zeit, dass er alles verloren hätte. Als Klara ihn nach langem geduldigem Ertragen seines Selbstmitleids entgegenrief, dass er endlich aufhören solle zu jammern, da er wenigstens sein Leben noch hätte, im Gegensatz zu ihrem Mann, der seines für ihn geopfert hatte, wurde er zwar still, aber immer noch nicht dankbar.

Klara verachtete ihn und vertraute auf Gott, der dem Metzger seine Strafe zukommen lassen würde.

Die Tür zum Krankenzimmer öffnete sich und Kommissar Schuhmann betrat den Raum.

»Ich grüße dich, Klara«, sagte er und nahm sie kurz in den Arm. »Gibt es etwas Neues?«

»Unverändert schlecht«, sagte sie und bemühte sich um Tapferkeit.

»Ich hoffe, es hat sich gelohnt«, murmelte der Kommissar.

»Hat es sich auf keinen Fall«, fuhr Klara auf. »Für wen hat er das gemacht? Für einen ungehobelten selbstverliebten Unmenschen.« Sie kämpfte mit den Tränen.

Der Kommissar stand neben Klara und wusste nicht, wie er mit der Situation umgehen sollte. Auf der einen Seite war er wütend auf den Metzger und den Brandstifter, aber er war auch froh, dass Henrich diesen Mistkerl gerettet hatte, denn er konnte vielleicht entscheidend dazu beiztragen, dass der Mörder gefasst wurde.

»Ich werde alles dafür tun, dass Heinrichs Opfer nicht umsonst war«, versprach er.

»Wir müssen zu einem Arzt«, drängte der Jüngere.

»Auf keinen Fall«, wiedersprach der Ältere. »Sie würden sie sofort verhaften.«

»Soll sie hier sterben? Willst du noch ein Familienmitglied verlieren wegen dieser elenden Sache?«

»Ich kann nicht zu einem Arzt«, mischte sie sich ein. »Außerdem brauche ich keinen Arzt.«

»Nein, natürlich nicht«, sagte der Jüngere voller Sarkasmus. »Du bist ja nur am ganzen Körper verbrannt. Das benötigt keine ärztliche Versorgung. Das geht von ganz alleine weg.«

»Ihr seid doch bei mir«, flüsterte sie. »Ihr pflegt mich wieder gesund und dann beende ich es.«

»Was?«, rief der Jüngere »Du willst immer noch nicht aufhören?«

»Er ist der Letzte und ich habe geschworen, nicht zu ruhen, bis alle bestraft sind.«

»Es ist sinnlos«, sagte der Jüngere, machte eine wegwerfende Geste und verließ das Versteck.

Kommissar Schuhmann war in großer Sorge um seinen Freund Heinrich. Die Ärzte wollten sich nicht festlegen, ob er es überlebt oder nicht. Es könne so oder so ausgehen, haben sie gesagt. Um seine Sorgen zu vergessen, stürzte er sich in die Arbeit. Vor wenigen Minuten erreichte ihn die Nachricht, dass der Metzger Hohnstätter jetzt zu einer Vernehmung bereit sei und auf ihn wartete. Hastig kramte der Kommissar seine Notizen zusammen und eilte schnellen Schrittes in die Stube, in der man den Eschersheimer bat, auf ihn zu warten.

»Guten Tag, Herr Hohnstätter«, sagte Schuhmann beim Betreten des Raumes.

»Wie lange wird das hier dauern?«, kam es grußlos zurück. »Ich habe zu tun. Wie Sie wissen, ist mein Haus niedergebrannt und mein Geschäft muss weitergehen. Ich bin schließlich kein Staatsdiener, der auf Steuerkosten Zeit verplempert.«

Schuhmann stand nur wenige Schritte im Raum und traute seinen Ohren nicht. Er rang nach Fassung. Holte tief Luft, schloss die Augen und sagte sehr langsam, sehr ruhig aber unüberhörbar drohend: »Herr Hohnstätter, wenn Ihnen Ihr Leben lieb ist, werden Sie sich auf der Stelle für diese unpassenden Worte entschuldigen.«

»Warum?«, zeigte sich der Mann uneinsichtig, was Schuhmann an den Rand des Wahnsinns trieb. Dennoch behielt er erstaunlicherweise die Fassung. Der Kommissar zog sich einen Stuhl herbei, stellte ihn direkt vor den Metzger, setzte sich darauf und beugte sich vor. Er war jetzt nur Zentimeter von Hohnstätters Gesicht entfernt, dem sichtlich grauste. Dann sprach er ruhig und leise.

»Ich werde Ihnen sagen, warum Sie sich entschuldigen, sie dummer, überheblicher, kleiner Mann. Weil mein bester Freund Ihr wertloses Leben gerettet und dabei vielleicht seines geopfert hat und Sie Wurm noch nicht einmal an den Anstand haben, sich bei seiner Frau für die Unannehmlichkeiten zu entschuldigen. Darüber hinaus weiß ich, dass es einen triftigen Grund dafür gibt, dass Sie beinahe das nächste Opfer des Mörders wurden. Ich weiß zwar noch nicht, welcher Grund das ist, aber das finde ich heraus und ich wette, dass Sie danach die Stadt verlassen werden oder im Gefängnis landen. Ich glaube nämlich, dass es sich bei der Mordserie um einen Rachefeldzug handelt. Der einzige Grund, weshalb ich froh bin, dass sie überlebt haben, ist, dass Sie mir sagen können, wer Sie überfallen und Ihr Haus in Brand gesteckt hat.«

Hohnstätter wurde zuerst blass, dann rot und dann wieder blass. Ein Farbenspiel, das seine Gefühlslage widerspiegelte.

»Ich, … es, … Sie …«, stammelte er.

Schuhmann sagte nichts, starrte den Mann aber eindringlich an.

»Wollten Sie mir etwas sagen?«, fragte er dann.
»Entschuldigen Sie, ich bin ein wenig im Stress derzeit.«
»Wir alle sind im Stress.«
»Es tut mir leid«, legte Hohnstätter endlich die Fassade der Arroganz ab. »Ich bin mit der Situation völlig überfordert.«
»Das verstehe ich«, räumte Schuhmann ein. »Also, wen haben Sie gesehen?«
»Das kann ich nicht sagen.«
Schuhmann war die Enttäuschung anzusehen.
»Es ging alles so schnell und der Mörder hat mich hinterrücks niedergeschlagen. Ich verlor das Bewusstsein und als ich wieder erwachte, fand ich mich in einer Feuersbrunst wieder. Was denken Sie, wie ich mich gefühlt habe?«
»Wer könnte Sie derart hassen, dass er Ihnen den Tod wünscht?«
Der Metzger schwieg eine Weile.
»Mir fällt beim besten Willen niemand ein.«
Schuhmann schwieg, heftete aber seinen Blick an Hohnstätter.
»Ehrlich«, untermauerte dieser nach einer Weile.
»Irgendjemand will Ihren Tod«, stellte der Kommissar fest. »Und ich denke, dieser Jemand weiß bereits, dass Sie noch am Leben sind.«
»Was soll das heißen?«, jammerte der Metzger ängstlich.
»Nun«, sagte Schuhmann und untersuchte beiläufig seine Fingernägel nach Unebenheiten. »Ich denke, der Mörder will Ihren Tod noch immer.«
»Was sagen Sie da?«
»Ich ziehe nur Schlüsse, Herr Hohnstätter. Dafür bezahlt man mich mit Steuergeldern, wie Sie so treffend bemerkt haben.«
»Ich brauche Schutz«, rief Hohnstätter.
»Das denke ich auch.«
»Dann sorgen Sie gefälligst dafür, dass ich beschützt werde.«
»Aber, aber, Herr Hohnstätter«, sagte Schuhmann tadelnd. »Sie wollen, dass ich Steuergelder für Ihren Schutz ausgebe? Das wäre doch Verschwendung.«
»Hören Sie auf mit dieser blöden Scharade, Herr Kommissar.«
»Ich denke, Sie wissen, was ich hören will.«

Der Metzger überlegte kurz und gab dann klein bei: »In Ordnung, sobald ich hier herausgehe, werde ich Frau Niemann meine Aufwartung machen und mich bei ihr erkenntlich zeigen.«

»Oh, das ist sehr anständig von Ihnen«, freute sich der Kommissar. »Aber das genügt mir nicht.«

»Was denn noch?«

Sie pflegten sie in ihrem Versteck gesund, tatsächlich. Es dauerte einige Tage, sie litt starke Schmerzen. Aber das konnte sie nicht davon abbringen, es zu Ende zu bringen. Sie würde den eingeschlagenen Weg bis zum bitteren Ende gehen. Unbeirrbar, unaufhaltsam. Sie war es ihr schuldig. Sie hatte es ihr versprochen und sie würde ihr Versprechen halten. Nur noch der Metzger und alles ist vorüber, für immer. Erlöst.

Hoffnungen

2 Jahre zuvor

Es war der Anfang vom Ende. Dabei war alles so schön gewesen. Niemals hätte sie gedacht, dass es in einer Katastrophe enden würde. Nicht eine einzige Sekunde lang. Doch wie so oft, rennt man ungewollt in eine Falle.

Der Ball war einfach wunderbar. Es war der schönste Abend in ihrem Leben. Alles drehte sich um sie, sie war für diesen einen Abend der Mittelpunkt. Aber was sie am meisten freute, war die Akzeptanz der Anwesenden. Menschen, die weitaus wichtiger waren als sie, die etwas bewegten in der Stadt, zeigten ihr, dass sie von nun an in ihren Kreisen anerkannt war. Sie tanzte, sie lachte, sie wurde hofiert. Und sie traf ihn. Den jungen Ferdinand Aschenbach. Jung, stark, hübsch und reich. Der Sohn eines angesehenen Richters. Er gefiel ihr. Aber sie war zurückhaltend, denn ihre Erfahrung mit Männern war alles andere als angenehm. Aber bei Ferdinand war es anders, von Anfang an. Bei ihm fühlte sie sich nicht als Objekt der Begierde. Er hatte nicht diesen Blick, den die Männer in der Jagdhütte immer hatten, wenn sie in das kleine Zimmer kamen und sie benutzten. Erst jetzt fiel ihr auf, dass sie in den Jahren, die sie bei den von Schülers lebte, niemals mit einem Mann näher in Kontakt gekommen war. Abgesehen von Berthold. Aber Berthold war niemals aufdringlich gewesen. Er war sehr behutsam, freundlich, zurückhaltend und liebenswert zu ihr gewesen. Er behandelte sie wie ein verletztes Reh. Ebenso wie Edeltraud. Immer wenn der Lehrer kam, war noch jemand anders im Raum gewesen. Meistens Bernadette, aber auch Edeltraud oder jemand anderes vom Personal. Nie hatte Greta sich etwas dabei gedacht, es war ihr noch nicht einmal aufgefallen. Bis jetzt, wo sie mit Ferdinand tanzte.

»Darf ich die Dame des Abends zu einem Tanz entführen?«, hatte er sie angesprochen und verbeugte sich galant vor ihr. Als er wieder nach oben kam, lächelte er sie in freudiger Erwartung an. Gretas Blick ging zu Edeltraud, die ihr aufmunternd zunickte. Sie überlegte kurz und gab dann nach.

»Mein Name ist Ferdinand Aschenbach«, stellte er sich vor. »Mein Vater ist oberster Richter am Amtsgericht Frankfurt.«

»Oh«, sagte sie beeindruckt. »Ich wusste nicht, dass man sich mit dem Beruf seines Vaters vorstellt. Da muss ich jetzt leider passen.«

»Das macht nichts«, erwiderte er, ganz ohne Überheblichkeit. »Wer so schön ist, darf die Tochter eines Bauern sein und überstrahlt dennoch alles.«

Greta wurde tatsächlich rot. Sie senkte den Blick, um ihre Unsicherheit zu verbergen. Endlich setzte die Musik ein und sie konnte sich hinter dem Tanz verstecken.

Spät am Abend, als sie längst in ihrer Stube auf dem Bett lag, dachte sie noch an Ferdinand. Er hatte nicht diesen Blick gehabt, diese Gier. Er schien ehrlich an ihr interessiert zu sein. Es war nicht bei einem Tanz geblieben. Und als sie erschöpft bat, eine Pause einzulegen, geleitete er sie an ihren Tisch und brachte ihr eine Erfrischung. Er wich nicht eine Minute von ihrer Seite und hörte ihr zu, was sie zu sagen hatte. Er fragte nach und kommentierte. Es war schön, einen Menschen im gleichen Alter zu treffen und sich mit ihm auszutauschen. Erst spät in der Nacht verabschiedete er sich und versprach sich zu melden, um das Gespräch fortzuführen.

Die Schmerzen waren schlimm. Die Haut verheilte langsam. Irgendwie hatte der Jüngere es geschafft, eine Salbe aufzutreiben. Sie verschaffte ihr Linderung. Tagelang blieb sie in ihrem Versteck. Sie klagte nicht. Sie ertrug es. Sie hatte Geduld. Sie wusste, dass sie wieder zurückkommen würde, um es zu Ende zu bringen. Die beiden Männer kümmerten sich um sie, umsorgten sie, hielten sie versteckt.

Kommissar Schuhmann war nun besessen davon, den Mörder zu finden. Der Zustand des Türmers war unverändert schlecht. Der Schlüssel zur Lösung lag beim Metzger Hohnstätter, der sich nun zum widerholten Male einer Befragung unterziehen musste.

»Sagen Sie, Herr Hohnstätter«, versuchte Schuhmann beiläufig zu klingen. »Gehen Sie gelegentlich zur Jagd?«

»Was hat das mit der Sache zu tun?«, blieb er skeptisch. Seit Stunden hatte er nun in diesem stickigen Raum die Fragen des Kommissars beantwortet. Er war erschöpft.

»Überlassen Sie mir, was zur Sache beiträgt oder was nicht«, blaffte Schuhmann. »Also, gehen Sie zur Jagd?«

»Ich bin Metzger.«

»Das beantwortet meine Frage nicht.«

»Ich verkaufe Wildfleisch aus eigener Jagd. Das steht im Fenster meines Ladens.«

»Also gehen Sie zur Jagd.«

»Ja doch«, rief Hohnstätter entnervt.

»Allein oder in einer Gesellschaft?«

»Sowohl als auch.«

»Auch mit den Herren Schröder, Held und Gerber?«

Der Metzger blickte auf.

»Woher …?«

»Ich das weiß?«

Hohnstätter nickte.

»Ich bin Polizist, Herr Hohnstätter. Ich kann kombinieren.«

»Ich weiß aber immer noch nicht, worauf Sie hinaus wollen?«

»Wo ist die Hütte, in der Sie sich zur Jagd trafen?«

»Irgendwo im Stadtwald.«

»Führen Sie mich dorthin!«

»Ich glaube nicht, dass ich sie so einfach wiederfinde«, druckste der Metzger herum. »Ist schon eine Weile her, …«

»Ich denke, Sie finden die Hütte auf Anhieb. Vielleicht fällt Ihnen auf dem Weg dorthin auch wieder ein, wer Sie niedergeschlagen und Ihr Haus in Brand gesetzt hat. «

1 Jahr zuvor

Greta war jetzt voll in der Gesellschaft integriert. Nicht zuletzt durch die Tatsache, dass sie mit dem Sohn des Richters so gut wie verlobt war. Seit dem Ball im Hause von Schüler waren die beiden unzertrennlich. Ferdinand nahm Greta überallhin mit. Er führte sie vollends in die Gesellschaft ein. Greta erregte großes Aufsehen. Ferdinand war stolz auf sie und aufrichtig zu ihr.

Niemals bedrängte er sie. Nie wurde er fordernd. Er wartete ab. Dennoch gestand er ihr offen seine Liebe.

»Du bist alles, was ich haben möchte«, sagte er eines Abends bei einem Spaziergang am Mainufer. Die Sonne versank im Westen und schickte die letzten Strahlen in die Stadt. Der Himmel war durchgehend blau und die Vögel riefen in die laue Abendluft ihr Lied. Greta trug ihr neues Kleid und einen modischen Sonnenschirm dazu.

»Ach was«, gab sie bescheiden zurück. »So toll bin ich nun auch nicht.«

»Du bist die tollste Frau auf der ganzen Welt«, widersprach er schnulzig. »Es klingt zwar sehr kitschig, aber seit ich dich kenne, sehe ich keine andere mehr an.«

Sie blieben stehen. Es verunsicherte sie, dass Ferdinand so anders war. Er war scheinbar ehrlich, doch Greta hatte immer noch Angst vor Männern und ihren Berührungen. Wenn sie sich auf Ferdinand einließ, würde er sie früher oder später berühren wollen. Davor hatte sie die meiste Angst. Würde sie es schaffen, sich ihm so weit zu öffnen? Würde sie ihm vertrauen können?

»Ferdinand, ich mag dich sehr«, sagte sie vorsichtig. Sie wollte weiterreden, doch Ferdinand kam ihr zuvor.

»Ich halte es nicht mehr aus«, sagte er entschlossen. »Ich werde bei deinem Onkel um deine Hand anhalten.«

Greta stockte der Atem. Schließlich sagte sie: »Lass mich darüber nachdenken.«

Alte Seilschaften

Wie Kommissar Schuhmann richtig vermutet hatte, fand der Metzger die Jagdhütte auf Anhieb. Schuhmann hatte Matthias Richter gebeten, sie zu begleiten. Die drei Männer standen nun vor der Hütte im Frankfurter Stadtwald und wirkten unschlüssig.

»Das ist sie«, sagte Hohnstätter und blieb stehen.

»Na dann schauen wir uns die Hütte doch mal von innen an«, zeigte Schuhmann Tatendrang und ging auf das wackelige Gebäude zu. »Wollen Sie nicht mitkommen?«, fragte Schuhmann, als er die Tür bereits geöffnet hatte und der Metzger immer noch in respektvollem Abstand im Wald weilte.

»Nein, nein«, winkte er ab. »Ich war da oft genug drin.«

Unwillkürlich fasste der Metzger sich an die Schulter, in Erinnerung daran, wie dem Schmied damals seine zerstochen wurde.

»Seltsam«, murmelte Richter und folgte Schuhmann hinein, der es nicht verwunderlich fand, dass der Metzger vor der Tür blieb.

Der Geruch, der den beiden Polizisten entgegenschlug, war beeindruckend. Eine Mischung aus abgestandener Luft, modrigen Möbeln, kaltem Tabakrauch und Männerschweiß. Schuhmann, der vorangegangen war, konnte ein Husten nicht unterdrücken.

»Verdammt«, zischte er. »Was ist denn hier gestorben?«

Er zog sein Taschentuch aus seinem Gehrock und hielt es sich vor Mund und Nase. Vergeblich, es stank noch immer fürchterlich.

»Wann war denn das letzte Mal jemand hier?«, rief Richter nach draußen zu Hohnstätter.

»Ist schon eine Weile her.«

»Merkt man«, sagte Richter und machte sich daran, die Fensterläden zu öffnen, damit die schlechte Luft entweichen konnte. Gleichzeitig kam durch diese Maßnahme grelles Licht in die abgedunkelte Hütte.

»Sehr gut, Richter«, lobte Schuhmann. »Dennoch sollten wir einen Moment draußen warten, bis die Luft unsere Lungen nicht mehr zerstört.«

Beide verließen die Hütte und warteten eine Weile, bis sie sicher sein konnten, dass der Gestank entwichen war.

Derweil nutzen sie die entstandene Pause, um den Metzger noch einmal zu befragen.

»Können Sie uns denn nicht genauer sagen, wann der letzte Ausflug Ihrer Jagdgesellschaft hierher war?«, wollte Schuhmann wissen.

»Ein paar Jahre sind es schon.«

»Wie viele genau?«

»Ich denke so um die fünf werden es schon sein.«

»Und seitdem ist die Hütte verlassen?«

Hohnstätter zog die Schultern nach oben.

»Soweit ich weiß, schon. Aber sicher kann ich mir da nicht sein. Ist ja nicht meine Hütte.«

»Wem gehört sie dann?«, wollte Richter wissen.

»Dem Schmied. Gott hab‘ ihn selig.« Der Metzger bekreuzigte sich. Es hatte etwas Scheinheiliges an sich, was Schuhmann jedoch nur dachte und nicht laut aussprach.

»Warum gehen Sie nicht mehr zur Jagd?«

»Tu ich doch.«

»Aber nicht mehr mit der Gesellschaft, die sich hier traf.«

»Nein.«

»Warum?«

»Es gab Streit.«

»Geht es ein wenig genauer?«, hakte Schuhmann nach.

»Ich will nicht darüber reden.«

»Ich darf Sie erinnern, dass wir versuchen, einen gefährlichen Serienmörder zu fassen und …«

»Es ging um eine Frau«, unterbrach Hohnstätter. »Ich war nicht direkt daran beteiligt. Zwei oder drei aus der Gesellschaft stritten um eine Frau. Wie das halt so ist. Und dann gibt es eben Streit. Am Ende werden die Worte härter und man packt sich am Kragen …«

»Und droht, sich gegenseitig umzubringen«, vollendete Richter den Satz.

»Was wollen Sie damit sagen?«, blaffte Hohnstätter. »Denken Sie, dass einer aus meiner Jagdgesellschaft der Mörder ist?«

»Durchaus möglich«, orakelte Richter.

»Ich bin der Letzte aus der Gesellschaft, der noch lebt. Heißt das jetzt, dass ich der Mörder bin und ich mich am Ende auch noch selbst umbringen wollte?«

»Und wenn es so wäre?«, sprang Schuhmann an.

»Ist es aber nicht«, brauste Hohnstätter auf. »Wie hätte ich mir denn die Hände auf den Rücken fesseln und dann das Haus anstecken und dann noch von hinten niederschlagen sollen?«

»Klingt unmöglich«, stimmte Richter zu.

»Ist es auch«, bekräftigte Hohnstätter. »Und wie ich bereits erwähnt hatte, hatte ich mit der Frauengeschichte nichts zu tun.«

»Aber Sie können bestätigen, dass die Opfer alle Mitglieder Ihrer ehemaligen Jagdgesellschaft waren«, bohrte Schuhmann nach.

Hohnstätter schwieg eine Weile und sagte dann: »Das ist mir bisher noch nicht aufgefallen.«

»Aber mir.«

Hohnstätter wurde still. Er schien über das Gesagte nachzudenken. Dann wurde er blass.

»Sie haben Recht«, erkannte er dann. »Sie denken also, dass es sich bei den Mordopfern nur um Mitglieder unserer Jagdgesellschaft handelt?«

»Naja«, warf Richter ein. »Nicht alle, Gisela Reimann und Richter Aschenbach waren keine Mitglieder der Jagdgesellschaft.«

»Oh mein Gott«, keuchte der Metzger. »Ich glaube, ich weiß, wer die Morde begangen hat.«

Die Polizisten horchten auf. Der Metzger wurde unruhig, tippelte von einem Bein auf das andere und sagte schließlich leise, kaum hörbar: »Ich denke, ich muss Ihnen etwas gestehen.«

6 Monate zuvor

Nach langem Zögern und weiterem Drängen Ferdinands, willigte Greta letztendlich in die Verlobung ein. Ferdinand verlor keine Zeit und hielt um ihre Hand an.

»Sehr verehrter Herr von Schüler«, sagte er feierlich, als er im Sonntagsstaat vor dem vermeintlichen Onkel Gretas trat. »Ich bitte Sie um die Hand Ihrer Nichte.«

Berthold von Schüler erstarrte. Er wusste, dass dieser Tag irgendwann hatte kommen müssen. Dennoch war er darauf nicht vorbereitet. Auch als er bemerkte, dass Greta eine Romanze mit dem Sohn des Richters hatte, dachte er nicht im Traum daran, dass es so ernst sein würde. Er tat es als Schwärmerei unter jungen Menschen ab. Er verfluchte sich im Stillen für seine offensichtliche Blindheit. Er schien ein wenig zu lange zu benötigen, um sich zu sammeln, denn der junge Aschenbach fragte unsicher nach.

»Ich wollte Sie nicht überrumpeln, Herr von Schüler«, entschuldigte er sich.

»Nein, nein«, wehrte Berthold ab. »Ich bin nur nicht darauf vorbereitet, das ist alles.«

Ferdinand atmete erleichtert auf.

»Ihnen scheint viel an Greta zu liegen«, erkannte von Schüler.

»Sie ist alles für mich.«

»Was macht Sie da so sicher?«

Aschenbach überlegte eine Weile und sagte dann: »Ich kann es nicht sagen. Ich weiß es einfach. Sie ist meine Frau. Mit ihr will ich mein Leben teilen.«

»Geben Sie mir ein paar Tage, um darüber nachzudenken, junger Mann.«

»Ich danke Ihnen schon jetzt, dass Sie es in Erwägung ziehen.«

Als Aschenbach den Raum verlassen hatte, ließ von Schüler sich in einen Sessel fallen und kämpfte gegen die Panik an.

Er war in einer Zwickmühle. Wenn er der Hochzeit zustimmen würde, würde es Gretas Vater mitbekommen. Es war nur eine Frage der Zeit. Mit der Hochzeit verlöre Berthold den Zugriff auf Greta und konnte sie nicht mehr schützen. Und es stand die Frage im Raum, wie ehrlich Greta zu ihrem zukünftigen Gatten war. Würde sie ihm die Wahrheit sagen? Wenn ja, wie würde er darauf reagieren? Was, wenn er es noch nicht weiß und es dann zu einem Eklat kommt? Das konnte auch ihm und seiner Reputation großen Schaden zufügen. Er musste nun mit aller Besonnenheit vorgehen, wenn er Schaden von Greta und seiner Familie abwenden wollte. Er wusste aber auch, dass Greta sicherlich eingeweiht war und Ferdinand nicht ohne ihr Wissen um ihre Hand angehalten hatte. Sie würde es ihm nie verzeihen, wenn er Ferdinand zurückwies. Egal was er tat, es würde schwerwiegende Konsequenzen haben.

Nur noch ein paar Tage, dann wäre sie wieder ausreichend bei Kräften, um ihre Mission zu beenden. Es war ihr einerlei, was die beiden anderen sagten, ihr ging es um die Vollendung und ihren eigenen Frieden. Ein Leben, wie sie es geführt hatte, machte keinen Sinn. Bis zu dem Tag, an dem sie sich entschloss, die Vergangenheit auf ihre Weise zu bewältigen. Sie hatten es allesamt verdient. Natürlich hätte sie den offiziellen Weg gehen können. Sie hätte die Mistkerle anzeigen können. Doch sie fürchtete, dass dies nicht von Erfolg gekrönt worden wäre. Auch hätte es ihr keine Genugtuung gebracht. Durch die Morde hingegen fühlte sie tiefe Befriedigung.

Sie war der Racheengel.

Diese Männer bezahlten für etwas, das lange zurücklag und zu lange gedauert hatte. Gisela Reimann war Opfer ihrer Neugierde geworden. Sie hätte alles verderben können mit ihrem Schandmaul. Auch um sie tat es ihr nicht leid. Ihr war ohnehin alles egal, sie hatte mit allem abgeschlossen, und das machte sie so gefährlich. Beim Metzger hatte sie zwar versagt und sich selbst verletzt. Das lag aber daran, dass sie sich von ihren Emotionen hatte leiten lassen. Daraus hatte sie gelernt. Sie musste jetzt geduldig bleiben und auf den richtigen Augenblick warten.

»Ich möchte mir trotzdem die Hütte noch von innen ansehen«, beschloss der Kommissar. Das, was der Metzger ihm vor wenigen Minuten erzählt hatte, war schockierend und verstörend.

Es widerte ihn an und er musste sich beherrschen, den Metzger nicht auf der Stelle zusammenzuschlagen. Aber er war professionell genug, um sich im Griff zu behalten. Auch Richter sah man an, dass er am liebsten dem Metzger den Garaus gemacht hätte.

»Sie sind ein widerwertiges Tier«, hatte er ihn angebrüllt. »Wie konnten Sie das nur tun?« Richter spuckte aus.

»Ich weiß es nicht«, jammerte der Metzger. »Sie war so schön und die anderen taten es doch auch. Und ich habe dafür bezahlt.«

»Und das rechtfertigt Ihre Tat?«, brüllte Richter.

»Herr Richter«, hielt der Kommissar seinen Gehilfen zurück. »Mäßigen Sie sich. Sie sind Polizist und kein Richter. Auch wenn Ihr Name so lautet.« Richter stand mit geballten Fäusten vor Hohnstätter. Sein Gesicht zeugte von großer Wut und akuter Mordlust. Er hob den Zeigfinger und hielt ihn dem Metzger unter die Nase, dann zischte er: »Sie halten jetzt besser Ihr Maul, Metzger.« Richter starrte den verängstigten Mann eindringlich an.

»Kommen Sie, wir sehen uns in der Hütte um«, befahl Schuhmann. Er fasste seinen Assistenten am Arm und zog ihn ein Stück weg.

Widerstrebend ließ Richter von Hohnstätter ab und folgte dem Kommissar zur Hütte. Der Geruch war nun einigermaßen erträglich. Hohnstätter verharrte an seinem Platz im Wald und zerfloss in Selbstmitleid. Die Polizisten schenkten ihm keinerlei Beachtung. Um ihn würden sie sich später kümmern.

In der Hütte war alles mit einer zentimeterdicken Staubschicht überdeckt. So, wie sich die Sache darstellte, war die Hütte tatsächlich seit Jahren unbenutzt.

»Es sieht hier aus, als hätte man alles stehen und liegen gelassen«, bemerkte Richter.

»Sie haben Recht«, stimmte der Kommissar zu. »Überall stehen Dinge herum, die man hätte wegräumen müssen, wenn alles normal verlaufen wäre.«

Tatsächlich standen auf dem einzigen Tisch im Raum noch halb gefüllte Gläser. Die Flüssigkeiten darin waren trüb und stanken. Tote Insekten lagen darin. Auch Teller mit Essensresten oder das, was davon übrig war, lagen herum. Spielkarten waren auf dem Tisch verteilt und leere Flaschen standen seit Jahren Spalier. Die Stühle waren aus Holz und teilweise morsch und verrottet. Sogar noch eine Hose und ein Hut lagen in einer der Ecken.

»Hier ist noch ein Raum«, sagte Schuhmann und zeigte auf die Tür hinter dem Tisch. Vorsichtig öffnete er sie, als erwarte er, dass ihn sofort ein wildes Tier anspringen würde. Richter hielt sich dicht hinter ihm.

»Hier haben sie sich wohl vergnügt, diese Unmenschen«, bemerkte Schuhmann, als er das Bett sah, das immer noch zerknüllte Laken beherbergte.

»Sehen Sie nur, Herr Kommissar«, keuchte Richter fassungslos. »Hier sind Flecken auf dem Boden. Sie sehen aus wie Blut.«

»Sie könnten Recht haben, Richter«, sagte Schuhmann und beugte sich hinunter. Er untersuchte die Flecken und kam zu dem gleichen Ergebnis.

»Auch wenn es schon eingetrocknet ist, das muss Blut sein.«

»Und hier ist das Corpus Delicti«, sagte Richter und hielt mit spitzen Fingern ein Messer in die Höhe.

»Hohnstätter hat uns wohl die Wahrheit gesagt.«

Entscheidungen

5 Monate zuvor

Berthold und Edeltraud von Schüler hatten sich Zeit gelassen mit ihrer Entscheidung. Sie mussten abwägen.

»Wir können sie nicht ewig davor schützen«, hatte die Frau zu bedenken gegeben. »Sie ist eine junge, schöne Frau geworden und wir können ihr nicht verbieten ein Leben zu führen, das sie verdient.«

»Aber ihr Vater wird es herausbekommen und was dann?«, fragte Berthold. »Er wird sich beim Richter melden und ihn erpressen oder von uns noch mehr Geld verlangen, damit er genau das nicht tut.«

»Wir werden ihn nicht bezahlen.«

»Und dann?«, blieb er skeptisch. »Denkst du, der Richter wird Greta in seine Familie heiraten lassen, wenn er erfährt, dass sie ein Findelkind ist, das wir freigekauft haben?«

»Vielleicht?«

Er lachte humorlos.

»Das wird er niemals tun.«

»Was schlägst du denn vor?«

»Wir sollten in die Offensive gehen.«

»Du meinst ...«

»Genau«, sprach er aus, was sie dachte. »Wir werden mit ihrem Vater reden und ihm ein letztes Angebot machen, dass er nicht ablehnen kann. Und danach wird Schluss sein.«

»Und wenn er es nicht annimmt?«

Er zuckte mit den Schultern.

»Dann weiß ich auch nicht weiter.«

Er konnte nicht ahnen, welche dramatische Entscheidung er damit getroffen hatte.

»Was machen wir jetzt?«, wollte Richter wissen.
»Ich denke, ich weiß, wie wir die Sache zu Ende bringen«, sagte Schuhmann nachdenklich.
»Denken Sie das gleiche wie ich?«
»Was denken Sie denn?«
»Ich denke, dass wir zwar wissen, dass Greta Kremer die Morde begangen hat und warum sie es getan hat, aber wir immer noch nicht wissen, wo sie sich versteckt. Wir können vermuten, dass sie sich auf einer Art Rachefeldzug befindet und sie nicht eher ruhen wird, bis sie den letzten ihrer Peiniger zur Strecke gebracht hat. Und der letzte Peiniger steht draußen vor der Hütte und zittert um sein Leben.«
»Herr Richter, ich sehe, Sie sind auf der gleichen Spur wie ich«, lobte Schuhmann. »Wir werden ihr eine Falle stellen und sie schnappen.«
»Ich hoffe, Hohnstätter spielt mit.«
»Er hat keine Wahl.«
Für diesen Tag hatten die Ermittler genug. Sie befahlen Hohnstätter sich zur Verfügung zu halten und machten sich auf den Rückweg in die Stadt.

Am folgenden Morgen berieten sie sich mit Horst Rosenbaum über das Vorgehen.
»Und Sie denken, das funktioniert?«, zeigte er Skepsis.
»Warum nicht?«, erklärte Schuhmann. »Hohnstätter ist der letzte Überlebende der Jagdgesellschaft. Greta Kremer wird ihn unter allen Umständen ebenfalls ermorden wollen.«
»Was macht Sie da so sicher?«
»Sie ist auf einer Mission. Sie hat nichts mehr zu verlieren. Sie ist rasend.«
»Verständlicherweise«, murmelte Richter.
»Hegen Sie etwa Sympathien für eine Mörderin?«, fuhr Rosenbaum auf.
»Nein«, wehrte Richter ab. Er blieb jedoch selbstsicher. »Ich habe nur Verständnis. Was nicht heißen soll, dass ich die Taten billige.«

»Sie haben Verständnis für eine Mordserie, die ganz Eschersheim in Angst und Schrecken versetzt?«

»Sehen Sie es mal aus ihrer Sicht«, erklärte Richter. »Sie wurde an diese Lustmolche vermietet, seit sie ein kleines Kind war. Bei jedem Jagdausflug muss sie fürchterliche Qualen erlitten haben, wenn sie in diesem Zimmer einen nach dem anderen über sich hatte ergehen lassen. Kein Wunder, dass sie sich eines Tages gewehrt hat.«

»Und jetzt will sie es zu Ende bringen«, stimmte Schuhmann zu. »Richter tut gut daran, sich in die Lage der Mörderin zu versetzen.«

Richter zeigte sich überrascht. »Sie stimmen mir zu?«

»Wenn wir ihr Motiv kennen, können wir ihr Handeln besser einschätzen. Machen Sie weiter.«

»Naja«, zögerte er. Mit einer Zustimmung hatte er nicht gerechnet, weshalb er nun ein wenig in Verlegenheit geriet. Doch er fasste sich schnell und spann seine Gedanken weiter. »Sie ist vor ungefähr fünf Jahren aus dieser Hütte geflüchtet, nachdem sie dem Schmied üble Verletzungen zugefügt hat, so viel wissen wir.«

»Was aber danach geschah, entzieht sich unserer Kenntnis«, fügte Rosenbaum an. »Wir sollten aber bedenken, dass wir uns allein auf die Aussage des Herrn Hohnstätter berufen.«

»Was es nicht einfacher macht, das gebe ich zu«, sagte Schuhmann.

»Weshalb?«, wollte Richter wissen.

»Er ist sowohl Täter als auch Opfer«, erklärte Schuhmann. »Er wird uns sicherlich nicht die ganze Wahrheit sagen.«

»Oder die Wahrheit so verbiegen, wie sie ihn gut dastehen lässt«, ergänzte Rosenbaum. »Das macht die ganze Sache spekulativ.«

»Dennoch sollten wir es versuchen.«

»Also gut«, ermunterte Rosenbaum. »Wie lautet Ihre Version der Ereignisse?«

Schuhmann atmete tief durch und fing an, auf und ab zu laufen.

»Nach ihrer Flucht irrt Greta Kremer zunächst durch den Stadtwald. Sie ist völlig verstört, auf der Flucht, panisch. Sie muss damit rechnen, dass sie verfolgt wird. Also wird sie eine ganze Weile rennen.«

Er überlegte kurz.

»Wenn wir berücksichtigen, dass sie durch die Eskapaden, die sie ertragen musste, geschwächt war und die Tatsache, dass sie durch das Unterholz flüchtete, können wir davon ausgehen, dass sie nicht allzu weit gekommen sein kann.«

»Was bedeutet, dass sie in der Umgebung oder sogar in Frankfurt Unterschlupf gefunden haben muss«, fuhr Rosenbaum fort.

»Und das über mehrere Jahre.«

»Es muss ihr dort gut ergangen sein und sie muss Hilfe gehabt haben. Als junges Mädchen hätte sie niemals alleine überleben können«, schloss Richter.

»Wenn es ihr doch scheinbar so gut ging, warum ist sie dann nach Jahren wieder zurückgekommen? Warum hat sie so lange gewartet, bis sie ihre Peiniger bestrafte?«

5 Monate zuvor

Berthold von Schüler ließ sich von seiner Droschke nach Eschersheim fahren. Der Hof der Kremers war schnell gefunden. Nur einmal nachfragen hatte ausgereicht. Die Kremers waren bekannt im Ort. Als die feine Droschke auf den Hof einbog, sah von Schüler schon hinter den Nachbarfenstern die ersten neugierigen Köpfe. Zu viel Aufsehen wollte er nicht erregen, weshalb er dem Kutscher befahl, ihn in einer Stunde wieder abzuholen und derzeit eine große Runde zu fahren.

»Sehr wohl, Herr von Schüler«, sagte der Kutscher und fuhr los. Berthold schaute dem Gefährt, das knarzend über das Kopfsteinpflaster rollte, hinterher und wandte sich dann ab. Bevor er an die Haustür klopfte, schaute er sich noch einmal um, ob nicht doch zu viele neugierige Blicke auf ihm ruhten. Zögernd schlug er mit dem metallenen Knauf seines Gehstocks an die Haustür. Berthold wartete geraume Zeit, klopfte erneut und erntete keinerlei Reaktion aus dem Inneren.

Nachdenklich schaute er sich auf dem Gelände um. Irgendjemand musste doch hier sein. Berthold lief vorsichtig in den hinteren Bereich des Gehöfts zu den Ställen. Eine Stalltür stand offen. Als von Schüler näher kam, hörte er Geräusche aus dem Inneren. Gerade als er durch die Scheunentür treten wollte, kam Herbert Kremer mit einer Schubkarre voller Mist aus der Scheune herausgetreten. Beim Anblick seines Besuches erstarrte er. Er ließ die Schubkarre augenblicklich fallen und zischte: »Verdammt, sind Sie wahnsinnig?«

Ehe von Schüler es sich versah, packte ihn Kremer am Arm und zog ihn in die Scheune.

»Was wollen Sie hier?«, presste Kremer hervor. Er schien bemüht, so wenig Geräusche wie möglich zu machen. Er schaute sich ständig nervös um. »Niemand weiß von unserer Abmachung, Mann. Und das soll auch so bleiben.«

Berthold von Schüler schaute den Bauern fragend an.

»Der Rest der Familie denkt, dass sie im Wald verschollen ist«, erklärte der Bauer. »Alle vermuten, dass sie von einem Wolf angefallen und getötet wurde.«

»Und das glauben Ihnen die Leute?«, zeigte sich von Schüler skeptisch.

»Ich kann sehr überzeugend sein«, gab sich Kremer wenig selbstkritisch. »Was wollen Sie hier?«

»Ich habe eine Mitteilung für Sie.«

»Und dafür kommen Sie persönlich hierher«, blaffte Kremer. »In den feinen Klamotten fallen Sie auf wie ein bunter Hund in Eschersheim.« Kremer schüttelte tadelnd den Kopf. »Am besten haben Sie noch Ihre teure Droschke vor der Tür stehen, damit auch alle wissen, wer sich hier herumtreibt.« Kremer reckte den Hals und spähte über den Hof. Von Schüler beglückwünschte sich zu seinem Entschluss, die Droschke wegegeschickt zu haben.

»Wenn Sie mal aufhören zu meckern, erkläre ich Ihnen den Grund meines Besuchs und bin auch schon wieder weg«, sagte von Schüler.

»Was ist denn so wichtig?«, wollte Kremer wissen.

»Greta wird heiraten.«

»Na und?«

»Das ändert so einiges«, sagte von Schüler.
»Was genau?«, wollte Kremer wissen.
»Ich zahle nicht mehr.«
Kremer starrte sein Gegenüber an. Dann lachte er lauthals los. Von Schüler war über seine Aussage selbst überrascht. War er doch mit dem Ziel hierhergekommen, Kremer noch mehr Geld zu bieten, damit Greta in Ruhe leben konnte. Doch der Geruch des Mannes, der den Stall ausgemistet hatte und die Tatsache, dass er seine Familie angelogen hatte, was den Verbleib Gretas anging, hatte in ihm etwas ausgelöst, das er selbst nicht erklären konnte. Wahrscheinlich war es die Wut über die Gleichgültigkeit Kremers gegenüber seiner Tochter.
»Sie können aufhören zu lachen«, blieb von Schüler standhaft. »Ich habe Ihnen genug gezahlt all die Jahre.«
»Bei weitem nicht«, widersprach Kremer und spuckte geräuschvoll aus. Von Schüler war mehr denn je angewidert von Kremer. Er fragte sich, wie ein solch widerwärtiger Mensch eine Tochter mit dem Liebreiz Gretas in die Welt setzen konnte.
»Jetzt pass' mal auf, Freundchen«, änderte Kremer die Gangart. »Wir haben eine Vereinbarung. Und die wird weiterhin fortbestehen. Egal was passiert. Und wenn Greta den Bischof persönlich heiratet. Haben wir uns verstanden?«
»Was wollen Sie denn tun, wenn ich nicht mehr zahle?«, provozierte von Schüler.
»Dann werde ich wohl ein paar Gespräche mit dem holden Ehegatten und seinem Herrn Papa führen. Ich nehme doch mal stark an, dass Greta keinen Bauern heiratet, sondern ein angesehenes Mitglied des Frankfurter Geldadels. Und da macht sich eine Schwiegertochter mit der Vergangenheit Gretas bestimmt schlecht. Nicht wahr?«
Kremers Blick drückte Verachtung und Triumph zugleich aus.
»Sie können nicht ewig für Ihr Schweigen kassieren«, appellierte von Schüler, gleichwohl er wusste, welch skrupelloses Monster ihm gegenüber stand. »Anderseits könnten wir den Spieß ja auch umdrehen.«
Kremers Selbstsicherheit bröckelte kurz. Ein Flackern ging durch sein Gesicht.

»Was meinen Sie?«

»Ich weiß, was Sie und Ihre sauberen Freunde Greta angetan haben.«

Kremer lachte schnaubend.

»Einen Dreck wissen Sie.«

»Soweit ich weiß, ist es verboten, mit Minderjährigen Unzucht zu treiben und ich denke, dass es kaum erlaubt sein wird, seine Tochter für die Unzucht zu vermieten.«

Wieder flackerte das Gesicht des Bauern. Von Schüler hatte ins Blaue geschossen und getroffen.

»Sie sind ein widerliches Schwein, Kremer«, zischte von Schüler. Sein Blick verriet den Abschaum, den er Kremer gegenüber fühlte. »Ich werde dafür sorgen, dass Sie belangt werden.«

»Dann wird alles öffentlich, so oder so«, blieb Kremer gelassen. Ein triumphierendes Grinsen machte sich in seinem Gesicht breit. Von Schüler musste einsehen, dass er Recht hatte.

»Diese Runde haben Sie gewonnen, Kremer«, sagte er nach einer Weile. »Ich hoffe, dass Gott Sie für Ihre Vergehen bestraft.«

Von Schüler wand sich von Kremer ab und ging hinaus in den Hof. Hinter sich hörte er noch, wie der Bauer rief: »Ich erwarte dann die nächste Zahlung.«

Sie knöpfte sich die Bluse zu und lächelte befriedigt. Sie saß auf der Bettkannte des Bettes von Richter Klemens Aschenbach. Er lag nackt, fett und schwitzend auf den Laken und schaute beseelt auf den Rücken der jungen Liebhaberin, die er sich ab und an gönnte. Seine Frau war ihm zuwider geworden. Er hatte sie noch nie gemocht. Sie war eine politische Entscheidung gewesen. Und seit sie ihm einen Sohn geboren hatte, hatte er sie nicht mehr angerührt. Viel lieber nahm er sich frisches Fleisch mit in sein Bett. So wie Bernadette, die nun im Gegenlicht stand, nur eine Bluse trug und sehr verführerisch war. Sie war aufgestanden und ans Fenster getreten, von wo aus sie auf den Main sehen konnte. Der Richter wälzte sich aus dem Bett, trat hinter sie und packte ihre Brüste. Sie stöhnte auf, während er ihren Nacken küsste.

»Du machst mich wahnsinnig«, keuchte er gegen ihren Hals.

»Hör auf, Klemens«, wehrte sie ab. »Ich muss zurück zu Greta. Sie will heute mit mir zusammen ein Brautkleid aussuchen.«

Er hörte nicht auf. Stattdessen wanderten seine Hände von Bernadettes Brüsten in ihren Schritt. Sie stöhnte erneut, diesmal lauter. Dann drehte er sie um und presste sie an sich. Kaum hatte sie den Widerstand aufgegeben, drang er auch schon in sie ein. Sekunden später brach er stöhnend auf ihr ein. Sie hockte auf der Fensterbank und hatte Mühe, den massigen Körper des Richters zu halten. Wie immer hatte die Sache nur Sekunden gedauert. Sie kam dabei so gut wie nie auf ihre Kosten. Aber das störte sie nicht. Sie hatte einen mächtigen Mann als Liebhaber, das genügte ihr. Und sie wurde auch reichlich beschenkt von ihm.

»So, jetzt ist aber wirklich gut«, sagte sie und stieß ihn von sich. »Ich muss jetzt wirklich los.«

Der Richter wurde jetzt ernst. Denn trotz allem war ihm sein Sohn wichtig.

»Ist Greta die Richtige?«, fragte er Bernadette.

»Natürlich«, sagte sie ohne zu zögern. »Und wenn sie erst einmal verheiratet ist, sehen wir uns noch viel öfter.« Sie öffnete ihre Bluse und zeigte ihre formvollendeten Brüste. »Und dann kannst du die hier viel öfter haben.«

Der Richter starrte gierig auf Bernadettes Brüste. Er packte noch einmal ordentlich zu, ließ dann aber von ihr ab.

»Du musst los«, zeigte er sich einsichtig »Ich will nicht, dass du Ärger bekommst.«

»Das ist lieb von dir«, sagte Bernadette, zog sich komplett an, küsste den Richter flüchtig und verschwand unerkannt durch den Dienstbotenausgang.

Auf der Lauer

»So wie ich die Sache sehe, haben Sie keine Wahl«, sagte Schuhmann und knallte beide Hände auf den Tisch. Der Metzger zuckte zusammen. Er war mittlerweile völlig verängstigt.

»Ich habe seit Tagen kein Auge mehr zugetan«, jammerte er. »Ich traue mich nicht mehr nach Hause und schlafe jede Nacht in einem anderen Bett. Mein Geld genügt nicht, dass ich mich jeden Abend woanders einmiete. Ich bin völlig fertig, das müssen Sie doch sehen.«

»Ich sehe das«, gab Schuhmann zu. Sein Tonfall zeugte aber nicht von Mitleid. »Ich sehe aber auch, dass wir Greta Kremer nicht finden können und Sie nun mal das letzte Ziel ihrer Rache sind. Wir können Sie nicht bis ans Ende Ihres Lebens beschützen.« Schuhmann setzte sich und seufzte. »Ich habe meinem Vorgesetzten heute Morgen gesagt, dass es keinen Sinn mehr macht und ihm empfohlen, Ihre Leibwächter wieder abzuziehen.«

»Was?«, rief Hohnstätter und riss die Augen auf. »Das ist Erpressung.«

»Ich bitte Sie«, wehrte Schuhmann ab. »Sind Sie es nicht gewesen, der noch vor ein paar Tagen Schutz abgelehnt hat? Sie sind ein wechselhafter Charakter. Sie müssen sich schon entscheiden, was Sie wollen.«

»Sie mieser …«

»Vorsicht! Sie könnten sonst einen Beamten beleidigen«, fing Schuhmann den Metzger ab.

Eine Weile schwiegen beide Männer. Der eine vor Wut und Angst kochend, der andere abwartend und selbstsicher. »Sie kennen mein Angebot. Hilfe für Gegenhilfe.«

»Na gut«, knickte der Metzger schließlich ein. »Ich bin dabei.«

Sie fühlte sich endlich wieder gut. Die letzten Tage waren von Schmerzen geprägt. Die Verletzungen, die sie sich im Haus des Schmiedes zugezogen hatte, waren nicht unerheblich gewesen. Aber die beiden Männer hatten sich gut um sie gekümmert. Ihr Versteck war weiterhin unentdeckt, was sie nicht verwunderte.

Sie würden es nie finden. Dafür war es zu gut getarnt. Sie würde bald wieder soweit bei Kräften sein, dass sie ihre Mission zu Ende würde bringen können. Vielleicht schon morgen.

1 Monat zuvor

»Bald ist die Hochzeit«, flüsterte Bernadette in das Ohr des Richters. Sie lag nackt auf ihm. Sie war ein wenig erschöpft und er mal wieder zu schnell fertig geworden.

»Warum sagst du das jetzt?«, fragte er leicht erbost. «Geh' runter von mir, du hast mir den Spaß verdorben.« Er packte sie unter den Armen und warf sie zur Seite, als wäre sie eine Puppe.

»Was ist denn mit dir?«, fragte sie verstört.

»Ich habe einen anonymen Brief bekommen Ich werde erpresst.«

»Was?«

»Ja«, sagte er betrübt. »Aber das soll dich nicht belasten.«

»Deine Sorgen sind meine Sorgen«, sagte sie sanft und streichelte ihm über die Wange.

»Lass das«, zischte er und schlug die Hand weg.

Bernadette wirkte unsicher. So grob war er sonst nie zu ihr.

»Was ist denn nur los?«, wollte sie wissen. »Sage es mir.«

Statt zu antworten sprang er auf und ging zur Kommode an der Wand. Er griff nach dem Brief und gab ihn ihr. Sie öffnete den Umschlag und zog ein Blatt heraus, auf dem mit unsicherer Handschrift ein paar Zeilen standen. Bernadette las den Text und wurde bleich.

»Das darf doch nicht wahr sein«, entfuhr es ihr.

»Das habe ich mir auch gedacht. Was soll ich denn jetzt machen mit dem Miststück?«

»Sie ist kein Miststück.«

»So?«, rief er und zeigte auf den Brief. »Da steht aber etwas anderes.«

»Sie wurde vergewaltigt«, entgegnete Bernadette.

Der Richter stutzte. Dann kniff er die Augen zusammen und sagte: »Du wusstest davon?«

»Natürlich, sie ist meine beste Freundin.«

»So kann ich die Ehe nicht zulassen. Sie wird meinen Sohn nicht heiraten.«

»Du brichst ihr und deinem Sohn das Herz, wenn du die Hochzeit verhinderst«, intervenierte sie.

»Mein Ruf ist wichtiger als diese beiden verliebten Kinder. Er wird eine andere finden.«

»Und Greta?«

»Was soll mit ihr sein?«

»Du willst sie in aller Öffentlichkeit bloßstellen?«

»Wenn es meine Ehre schützt, ist es mir recht.«

»Du bist skrupellos!«

»Und dir steht ein Urteil nicht zu, Maitresse«, rief er und entriss ihr den Brief. »Ich habe dir schon viel zu viel gezeigt.«

Sie machte sich bereit für den letzten Akt. Heute Nacht würde sie es zu Ende bringen. Sie wartete bis der letzte Sonnenstrahl die Stadt verlassen hatte und machte sich dann auf den Weg. Sie war ganz in schwarz gekleidet und hatte zusätzlich Ruß im Gesicht. Die beiden Jungen hatten ihr berichtet, dass der Metzger Hohnstätter wieder in sein Haus zurückgekehrt war. Er wohnte in einem der Nebengebäude, bis sein Wohnhaus wiederhergestellt war. Ihr war es einerlei. Der Metzger würde diese Nacht nicht überleben. Sie würde es besonders genießen, diesen widerlichen Kerl ins Fegefeuer zu schicken. Sie war von Gott gesandt, um Rache zu üben. Jetzt endlich würde es vorbei sein, für immer und dann würde sie hinauffahren. Eine seltsame Stimmung erfasste sie. Sie hatte sich am Nachmittag von den jungen Männern verabschiedet. Sie hatten geweint, denn sie war das Letzte, was ihnen noch geblieben war. Sie hatten versucht, sie umzustimmen. Doch sie war standhaft geblieben. Sie würde ihren Plan verfolgen. Alles andere war ohne Bedeutung. Ihr Leben war verwirkt. Wenn man sie vor Gericht stellen würde, wäre nur ein Urteil logisch. Und dem würde sie vorzubeugen wissen. Ein Leben auf der Flucht kam auch nicht infrage. Sie hatte abgeschlossen. Ihr letzter Gang begann mit dem Verlassen des Verstecks. Sie stemmte die schwere Holzplatte nach oben und kletterte empor. Sie stand nun direkt in den Trümmern des abgebrannten Kremerhofs. Sie schaute sich kurz um, saugte alles in sich auf und ging dann zum Haus des Metzgers.

»Sie wissen Bescheid, Herr Hohnstätter«, sagte der Kommissar geschäftig. »Wir sind draußen und beobachten das Haus.«

»Aber wenn Sie es übersehen?«, jammerte der Metzger. »Ich bin völlig hilflos.«

»Beruhigen Sie sich. Wir haben alles unter Kontrolle. Ihnen passiert nichts.«

»Na, Ihr Wort in Gottes Ohr. Ich bin nicht gerne der Köder für einen Mörder.«

»Anders ist ihrer aber nicht habhaft zu werden. Wir müssen sie in flagranti erwischen, das hatten wir doch alles besprochen. Reißen Sie sich zusammen.«

Ohne weiteren Zuspruch verließen die beiden Polizisten den völlig verängstigten Metzger und bezogen Posten im Hof.

»Und Sie meinen, der Mörder kommt heute Nacht?«, fragte Richter, der fröstelnd neben Schuhmann auf der Lauer lag.

»Wir haben einen guten Köder ausgelegt«, zeigte er sich zuversichtlich.

»Und wenn Hohnstätter die Nerven verliert?«

»Wird er nicht.«

»Was macht Sie so sicher?«

»Weil ich ihm gesagt habe, dass ich ihn dann töte, sollte es unser Freund nicht tun.«

Richter schwieg staunend.

»Das haben Sie gesagt?«

»Nicht offiziell.«

Richter grinste in sich hinein.

Er zog die Decke, die er dabei hatte, ein wenig enger und blies in seine Hände, um sie ein wenig zu erwärmen. Eine ganze Weile saßen die beiden Polizisten noch in ihrem Versteck auf dem Anwesen des Metzgers. Es war stockduster. Neumond. Ideal für unentdeckte Einbrüche. Jedes Geräusch war zu hören. Das Rascheln der Mäuse, wenn sie über den Hof huschten, das Schlagen der Flügel der Fledermäuse, die auf ihre nächtliche Jagd gingen und das ferne Rufen des Käuzchens.

Richter wurde müde und ihm war kalt. Eine schreckliche Tortur. Schuhmann schien das alles nichts auszumachen. Er schien wach und frisch. Er hatte noch nicht einmal seine Jacke zugeknöpft.

»Wie halten Sie das aus?«, fragte ihn Richter.

»Was?«, fragte Schuhmann ohne den Blick abzuwenden

Er deutete auf die offene Jacke.

»Sie müssen doch frieren.«

»Ich friere nie bei der Arbeit.«

»Aber …«

»Sscht«, machte Schuhmann und spannte sich an. »In Deckung, da ist jemand.«

Richter kniff die Augen zusammen, um etwas erkennen zu können.

»Wo?«, flüsterte er.

Schuhmann sagte nichts. Stattdessen zeigte er mit seinem Finger auf die Stelle, an der er eine Bewegung ausgemacht hatte. Richter strengte sich noch mehr an, etwas zu erkennen, gab dann aber auf. Er verließ sich voll und ganz auf seinen Vorgesetzten.

Dann schepperte es auf der anderen Seite des Hofes und ein Schriller Schrei erklang. Kurz darauf rannten zwei disputierende Katzen über den Hof.

»Verdammt«, machte Schuhmann. »Mistviecher.«

Er sackte in sich zusammen.

»Wie spät ist es?«

»Vier Uhr.«

»Vielleicht habe ich mich geirrt.«

Richter wollte zustimmen, traute sich aber nicht.

»Lassen Sie uns nach Hause gehen, das wird heute nichts mehr«, beschloss Schuhmann und stand auf. Just in diesem Moment huschte eine Gestalt über den Hof. Und diesmal war es zweifellos ein Mensch.

»Haben Sie das gesehen?«, flüsterte Richter.

»Ja, habe ich. In Deckung.«

Beide Männer duckten sich in ihr Versteck zurück. Sie suchten den Hof nach weiteren Bewegungen ab.

»Da!«, zischte Schuhmann, als er erneut ein Huschen wahrnahm. Richter sah es auch. Da kletterte etwas die Wand hinauf und stieg in das Gebäude ein.
»Es geht los, Richter. Halten Sie sich bereit.«

5 Wochen zuvor

Greta war am Boden zerstört, als sie erfuhr, dass Richter Aschenbach die Verlobung gelöst hatte. Sie wollte Ferdinand zur Rede stellen und wissen, was los war. Doch er ließ sich verleugnen. Gedemütigt verließ sie das Anwesen des Richters. Sie stieg gerade in die Droschke, als durch die Auffahrt die Kutsche des Richters einfuhr.
»Einen Moment noch bitte, Karl«, bat sie den Fahrer zu warten, als die Kutsche des Richters hinter ihnen hielt.
Sekunden später stieg der Richter aus. Als er Greta sah, huschte das schlechte Gewissen über sein Gesicht. Greta fasste all ihren Mut zusammen und ging auf ihn zu.
»Ich verlasse nicht eher Ihr Anwesen, bis Sie mir erklärt haben, warum Sie die Verlobung gelöst haben.«
Der Richter warf ihr einen anerkennenden Blick zu.
»Du bist mutig, junge Dame«, sagte er.
»Dann erklären Sie sich bitte«, blieb Greta standhaft.
»Aber doch nicht hier vor der Haustür«, sagte der Richter überraschend freundlich und bat sie hinein.
»Dann können wir ja auch gleich Ferdinand dazu holen, mich würde seine Meinung interessieren«, forderte Greta, als sie das Empfangszimmer des Richters betraten.
Der Richter ging zu einer Sitzgruppe und stopfte sich eine Pfeife. Er schien das Ganze sehr entspannt zu sehen.
»Das wird schwierig, meine Liebe«, sagte er.
»Weshalb?«
»Weil er heute Morgen nach London aufgebrochen ist, um dort sein Studium aufzunehmen.«
Greta war schockiert.
»Das hätte er mir gesagt«, fuhr sie auf.

»Dazu hatte er keine Zeit, ich habe erst gestern die Zusage aus London erhalten. Und da das Semester nächste Woche bereits beginnt, blieb keine Zeit für derlei Banales.«

»Sie sind ein durchtriebener Teufel«, rief Greta, den Tränen nah. »Sie haben ihn nach London geschickt, damit ich keinen Einfluss auf ihn nehmen kann.«

»Exakt«, kommentierte der Richter und blies beißenden Rauch in die Luft.

»Warum tun Sie mir das an?«

»Um meine Familie zu schützen.«

»Ich hätte Ihnen keine Schande gebracht.«

»Sie sind eine ehemalige Dirne.«

Greta verlor beinahe die Fassung. Eine solche Verdrehung der Tatsachen konnte sie kaum ertragen.

»Ich bin keine Dirne.«

»Da habe ich andere Erkenntnisse.«

»Ich wurde vergewaltigt. Ich war ein wehrloses Kind und die Familie von Schüler hat mich gerettet und zu einer anständigen, gebildeten und gehorsamen Frau erzogen.«

Der Richter lachte böse.

»Ich will dir jetzt einmal etwas erzählen«, begann er im Plauderton. »Anfangs interessierte ich mich nicht großartig für dich. Du warst nur ein weiteres junges Ding, in das mein Sohn glaubte, sich verliebt zu haben. Du warst mir egal. Auch ist es nicht die erste Verlobung, die Ferdinand einging. Als aber plötzlich dein Vater vor mir stand, erinnerte ich mich an dich. Du warst das Mädchen aus Eschersheim, das von allen als ...« er suchte nach einer Beschreibung. » ... netter Zeitvertreib genutzt wurde. Einige Männer waren damals wegen Vergewaltigung angeklagt. Sie sollen sich systematisch an dir vergangen haben. Und dein Vater soll dabei ordentlich kassiert haben. Und er wollte jetzt auch wieder Geld von mir, damit er schweigt.«

»Er ist ein Verbrecher«, stieß Greta aus.

»Vergiss ihn.« Aschebach wedelte mit den Händen durch die Luft, als verteile er Feenstaub. »Ich habe ihm ein paar Mark gegeben und er war zufrieden. Das Problem ist gelöst. Dennoch

kann ich nicht das Risiko eingehen, dass jemand herausfindet, wer du bist. Das könnte weitgreifende Folgen für mich haben.«

»Sie waren damals der Richter, der diese Mistkerle freigesprochen hat«, ging Greta ein Licht auf. Ihr wurde schwindelig.

»Genau«, gab Aschenbach zu. »Ein Fall von vielen, bei denen ich gut verdient habe.«

»Das Urteil war gekauft?«

Aschenbach lachte schallend.

»Sieh dich hier um.« Er drehte sich mit ausgebreiteten Armen im Kreis. »Meinst du, das ist vom Salär eines Richters zu unterhalten? Ich bin käuflich, meine Liebe. So wie du.«

»Ich wurde vergewaltigt. Jeden Tag«, keuchte Greta atemlos. »Ich bin nicht käuflich, ich wurde verkauft. Und Sie wussten es und haben es nicht beendet. Sie sind nicht besser als diese Schweine.«

»Meinetwegen«, zeigte sich der Richter gleichgültig. »Was bleibt, ist, dass du eine Schande für dieses ehrenwerte Haus bist.«

Greta war fassungslos und überfordert.

Der Richter legte seine Pfeife zur Seite und erhob seinen massigen Körper. Er ging zur doppelflügeligen Zimmertür und verriegelte sie. »Und du bist eine wunderschöne Frau geworden.«

»Was soll denn das jetzt werden?«, fragte Greta ängstlich.

Er kam auf sie zu. Bedrohlich. Abstoßend grinsend.

»Komm schon, Schätzchen. Einmal Dirne. Immer Dirne.«

»Was erlauben Sie sich«, empörte sich Greta. »Ich werde ...«

Weiter kam sie nicht. Der Richter schlug ihr mit der flachen Hand dermaßen hart ins Gesicht, dass sie beinahe das Bewusstsein verlor. Als sie sich wieder orientiert hatte, lag der fette Mann auch schon auf ihr. Er leckte ihr das Gesicht und hielt ihr den Mund zu, sodass ihre Schreie in seiner Hand verebbten. Sie wehrte sich nach Kräften. Doch es war sinnlos, er war einfach zu stark.

Der Richter vergewaltigte die seinem Sohn versprochene Frau. Als er mit ihr fertig war und Greta schluchzend am Boden des

Empfangszimmers lag, warf er ihr einige Geldscheine hin und sagte: »Mehr war es nicht wert, Dirne. Und jetzt verschwinde.«

Völlig verängstigt klaubte Greta ihre Sachen zusammen und ging zur Tür.

»Und komm mir ja nicht auf die Idee, mich anzuzeigen, Mädchen. Wem glaubt man wohl? Einem Richter oder einer Dirne?«

Als Greta zu Hause ankam merkte sie, dass etwas nicht stimmte. Bernadette nahm sie in Empfang.

»Was ist hier los?«, wollte Greta wissen.

»Es hat einen Überfall auf die Herrschaften gegeben«, sagte Bernadette. Ihr war anzusehen, dass sie geweint hatte.

»Sie sind beide tot.«

Die Rückkehr

Die beiden Polizisten schlichen über den Hof. Sie waren maximal angespannt. Ein Fehler und die gesamte Aktion wäre zum Scheitern verurteilt. Vorsichtig öffneten sie die Tür, durch die der Schatten kurz zuvor hindurch geschlüpft war. Direkt hinter der Tür führte eine steile Treppe nach oben ins Obergeschoß. Schuhmann hielt inne und lauschte. Er hob den Zeigefinger, um Richter zu bedeuten, dass er lauschen solle. Tatsächlich war im Obergeschoß ein Knarren der Dielen unter Schritten zu hören.

Vorsichtig stiegen die Polizisten nach oben. Die Treppe war so steil, das sie andernorts als Leiter bezeichnet werden würde. Schuhmanns Kopf kam zuerst im oberen Stockwerk an. Er spähte über den Fußboden. Es war stockdunkel. Er wollte gerade weitergehen, als er wieder einen Schatten durchs Zimmer huschen sah. Der Schatten gab sich seltsamerweise keine Mühe, leise zu sein. Bevor Schuhmann die Information verarbeitet hatte, krachte etwas an seiner Schläfe. Er taumelte, sackte weg und stürzte Rückwärts die Treppe hinab. Dabei riss er Richter um, der direkt hinter ihm gestanden hatte. Gemeinsam stürzten sie die Treppe hinunter. Am Fuß der Treppe lagen sie nun übereinander wie tollende Welpen. Schuhmann war immer noch benommen von dem Schlag. Er versuchte krampfhaft sich zu orientieren. Gemeinsam mit Richter, der ebenfalls versuchte, den menschlichen Knoten zu lösen, sah er den Schatten über sie hinweg huschen und hinaus in die Nacht rennen.

»Hinterher!«, rief Schuhmann und schaffte es mit einem Ruck freizukommen. Er lief hinaus in den Hof und nahm die Verfolgung auf. Er sah, wie der Schatten nach rechts in Richtung Nidda abbog.

»Los, Richter«, trieb Schuhmann seinen Assistenten an. »Sie entkommt.«

Gemeinsam rannten die beiden Ermittler dem Schatten hinterher. Als sie an der Straße ankamen, mussten sie sich zuerst umschauen, denn es war niemand zu sehen.

»Da«, rief Richter und deutete nach rechts. Tatsächlich sah Schuhmann gerade noch den Schatten in eine Gasse einbiegen.

»Sie will zur Bahn«, erkannte Schuhmann und rannte los. Richter folgte dicht hinter ihm.

Als sie um die Ecke bogen, an der sie den Schatten das letzte Mal sahen, hörten sie das Signal der Eisenbahn.

»Der Frühzug«, schoss es Schuhmann durch den Kopf. »Richter, beeilen Sie sich.«

Schuhmann ahnte, was die Flüchtige vorhatte. Sie wollte über die Gleise flüchten und den durchfahrenden Zug als Barriere zur Flucht nutzen.

»Da ist sie«, schrie Richter und überholte Schuhmann, der beeindruckt war von der Form seines Mitarbeiters. Schuhmanns Blick ging nach vorne, wo er den Schatten sah, wie er kurz davor war, das Gleisbett zu erreichen. Der Zug war jetzt schon zu hören. Sekunden später zu sehen. Der Schatten würde es nicht schaffen, das war unmöglich. Der Zug raste gnadenlos an die Stelle, an der der Schatten die Gleise überqueren wollte. Schuhmann starrte entsetzt auf die Szene. Er sah den Schatten schon am Zug zerschellen. Wieder kreischte das Horn des Zuges. Scheinbar hatte der Lokführer den Schatten auch entdeckt und warnte ihn vor einer Kollision.

»Halt«, schrie Schuhmann. Doch es war sinnlos. Der Schatten setzte zum Sprung an. Schuhmann blieb stehen und schloss die Augen. Diesen Anblick wollte er sich ersparen. Dadurch verpasste er den heldenhaften Sprung seines Miterbeiters, der es tatsächlich in letzter Sekunde geschafft hatte, den Schatten zu packen und ihn so vor dem sicheren Tod zu bewahren. Richter hatte den Flüchtigen am Kragen zu packen bekommen und nach hinten gerissen. Beide lagen nun neben den Gleisen und sahen entsetzt den Zug mit seinen Wagons nur wenige Zentimeter an sich vorbeiziehen.

Schuhmann löste sich aus seiner Starre, erfasste die Lage und entspannte. Er rannte hinüber, um Richter bei der Festnahme zu helfen.

»Mann«, rief er, als er die beiden erreichte. »Das war knapp.«

Schuhmann verschnaufte und half Richter auf, der den Flüchtigen nicht losließ.

»Wen haben wir denn da?«, sagte Schuhmann und griff nach dem Schatten, als er hinter sich hörte, wie jemand »Feuer!«, rief.

3 Wochen zuvor

Greta war am Boden zerstört. Alles war dahin. Was sollte sie jetzt tun? Sie würde niemals ein Recht darauf haben, im Hause der von Schülers zu leben. Sie war nur Gast. Ihre Verlobung war aufgelöst und ihr Verlobter war nach London geflüchtet. Geld hatte sie keines, hatte sie nie gebraucht. Und jetzt stand der Bruder Berthold von Schülers vor ihr und wies ihr die Tür. Er war heute aus der Schweiz eingetroffen und als Alleinerbe bestimmt worden.

»Es tut mir leid, gnädiges Fräulein«, hatte er freundlich aber bestimmt gesagt. »Ich kenne Sie nicht und ich werde Sie nicht finanzieren. Bitte verlassen Sie mein Haus.«

Es war ihm nicht beizukommen. Alle Erklärungsversuche trafen auf ein Herz aus Stein. Bernadette flehte ihn an. Greta weinte bittere Tränen und bat um Aufschub. Doch der neue Besitzer war hartherzig und unerweichbar. Er wollte das Anwesen so schnell wie möglich verkaufen und das ginge nun einmal schneller, wenn niemand darin wohne. Er müsse zurück in die Schweiz, wo ihn dringende Geschäfte erwarten.

Greta blieb keine Wahl. Sie musste zurück zu ihrer Familie, wollte sie nicht auf der Straße leben.

Bernadette riet ihr davon ab.

»Wieso willst du dorthin zurück?«, fragte sie. »Er war es doch, der dich beim Richter verraten hat.«

»Woher weißt du davon?«

»Weil der Richter einen Brief bekommen hat, in dem alles über dich stand. Jemand wollte ihn erpressen damit. Das kann nur dein Vater gewesen sein. Und was denkst du wohl, wer die von Schülers überfallen hat? Ich weiß, dass er heute hier war.«

Greta wurde nun einiges klar. Hinter allem steckte ihr unseliger Vater, der ihr seit ihrer Geburt die Hölle auf Erden bot und sonst nichts. Sie fasste einen Entschluss.

»Jetzt habe ich einen Grund mehr, wieder nach Hause zu gehen.« Ihr Blick verhieß nichts Gutes.

Schuhmann warf den Kopf herum. In der Richtung, aus der sie gekommen waren, war der dunkle Himmel hell erleuchtet. Das musste das Nebengebäude des Metzgers sein. Schuhmann befahl Richter, den Flüchtigen ja nicht entkommen zu lassen und rannte zurück zum Haus. Als er um die Ecke bog, sah er schon die Flammen aus dem Fenster schlagen. Wieder liefen die Eschersheimer Bürger zusammen und versuchten den Brand zu löschen. Schuhmann schaute sich um. Unter den Helfern war der Metzger selbst. Diesmal war er nicht gefesselt. Scheinbar hatten sie den Mord verhindern können aber das Feuer war bereits gelegt, als sie dem Mörder hinterhergejagt waren. Schuhmann packte mit an und als die Feuerwehr mit ihrem Spritzenwagen eintraf, war der Brand schnell gelöscht.

»Gott sei Dank sind Sie unversehrt«, zeigte Schuhmann sich erleichtert, als es etwas ruhiger wurde.

»Das freut mich auch«, lachte der Metzger. »Haben Sie den Unhold erwischt?«

»Mein Kollege hat ihn verhaftet und abgeführt. Sie sind in Sicherheit.«

»Da bin ich ja erleichtert.«

Schuhmann war zwar erschöpft, doch wollte er sich den Fang ansehen, den sie gemacht hatten. Er fuhr mit der Elektrobahn in die Innenstadt und ging ohne Umwege ins Präsidium, wo er auf Richter zu treffen hoffte. Als er seine Amtsstube betrat, sah er Richter in Arbeit vertieft an seinem Katheder stehen.

»Schön«, sagte Schuhmann. »Sie haben wohl mit dem Verhör auf mich gewartet. Das war sehr anständig.«

»Das war auch von Nöten.«

»Weshalb?«

»Wir haben eine Tote gefangen.«

3 Wochen zuvor

Greta suchte ihre Siebensachen zusammen, packte alles in eine Reisetasche und verließ das Haus, in dem sie fünf Jahre glücklich gelebt hatte. Sie weinte bittere Tränen. All ihre Hoffnung war zerstört. Und schuld daran war ihr Vater. Er hatte für all ihr Leid die Schuld. Sie war wild entschlossen, ihren Vater zur Rede zu stellen und für seine Vergehen bezahlen zu lassen.

Als sie das Haus verließ, schaute sie sich nicht um. Sie hatte mit diesem Leben abgeschlossen. Vor ihr lag nur noch ein Gang, der Weg zur Rache.

Am späten Nachmittag traf sie in Eschersheim ein. Sie hatte nicht lange gebraucht, um sich wieder zurechtzufinden. Nach einem kurzen Spaziergang stand sie im Hof ihrer Familie.

»Na, wen haben wir denn da?«, rief ihr Vater, als er aus dem Stall kam. Sein Tonfall war überheblich. »Hat man dich aus deinem goldenen Käfig geworfen?«

»Ich will nur eines wissen«, sagte sie gefasst. »Hast du die von Schülers getötet?«

»Wie kannst du so etwas sagen, mein liebes Kind?«, gab ihr Vater den Unschuldigen. »Ich kann keiner Fliege etwas zu Leide tun.«

»Lüg' mich nicht an!«, schrie sie und machte ein paar Schritte auf ihn zu. Ihr Gesicht zeugte von rasendem Zorn. Ihr Vater blieb gelassen. Er wischte sich die Hände wie beiläufig an einem Lappen ab und sagte: »Selbst wenn es so wäre, ... was würdest du dann tun?«, fragte er spöttisch. »Willst du mich töten?«

»Vielleicht.«

»Pah«, lachte er. »Da muss schon der Bäcker kommen und nicht die Brötchen.« Mit einem Schritt war er bei ihr und schlug ihr ins Gesicht. Sie war so überrascht, dass sie auf dem Hosenboden landete. Breitbeinig stand er über ihr.

»Du denkst wohl, du kommst gegen mich an.« Sie schwieg und wischte sich mit dem Handrücken den Mund ab, auf den er sie geschlagen hatte. Blut klebte daran. »Ich mache was ich will. Und wenn ich er Meinung bin, deine tollen Ersatzeltern haben den Tod verdient, dann sorge ich dafür.«

»Also steckst du doch dahinter«, zischte sie.

»Beweis es mir, Flittchen«, stieß er aus und trat ihr in die Seite. »Wenn du dich traust. Und jetzt verlasse meinen Hof.«

Greta rappelte sich auf. Sie versuchte dabei einen Rest an Würde zu erhalten. Als sie wieder auf ihren Beinen stand und ein Blickduell mit ihrem Vater focht, hörte sie hinter sich einen Schrei. Sie fuhr herum und sah ihre Mutter. Sie war zusammengesackt, hielt vor Entsetzen die Hände vor den Mund und schluchzte. Dabei rief sie immer wieder: »Mein Kind, mein Kind.«

Greta vergaß ihren Vater und eilte zu ihrer Mutter. Sie nahm sie in den Arm und tröstete sie.

»Ich dachte, du wärst tot. Er hat mir gesagt, du bist tot.«

Sie nahm das Gesicht ihres Kindes in beide Hände und weinte hemmungslos. Sekunden später wurde Greta von hinten gepackt und von ihrer Mutter wegerissen.

»Du verschwindest jetzt von meinem Hof und du machst dich zurück in die Küche, Weib«, befahl er. Er schubste beide Frauen in verschiedene Richtungen und drohte mit der Mistgabel. Beiden Frauen standen das Entsetzen und die unbändige Wut ins Gesicht geschrieben.

»Das ist noch nicht vorbei«, sagte Greta und griff nach ihrem Koffer. Sie verließ widerstrebend den Hof, während ihr Vater seine Frau und ihre Mutter mit Schlägen zurück ins Haus trieb.

Als Greta weg war, drehte sich im Nachbarhaus Gisela Reimann lächelnd vom Fenster weg.

»Wollen Sie mich zum Besten halten, Richter?«, blaffte Schuhmann. »Wie Sie sehen, bin ich noch ein wenig derangiert von den Löscharbeiten am Haus des Metzgers und für Scherze im Moment nicht zu haben.«

»So gerne ich scherzen wollen würde, Herr Kommissar«, erwiderte Richter und trat hinter seinem Katheder vor. »Wir haben eine Tote im Verhörzimmer sitzen, die nur mit Ihnen reden möchte.«

Schuhmann fehlten die Worte.

»Was reden Sie da, Richter?«

»Folgen Sie mir einfach, Herr Kommissar, und Sie werden verstehen.«

Richter schob sich an seinem Vorgesetzten vorbei und verließ das Zimmer. Schuhmann folgte ihm verwirrt.

Kurz darauf hatten sie das Verhörzimmer erreicht. Richter blieb vor der Tür stehen und sagte: »Hinter dieser Tür sitzt ein Gespenst. Und dieses Gespenst will nur mit Ihnen reden. Viel Erfolg.«

»Brauche ich einen Geisterjäger?«

Richter schwieg und öffnete die Tür. Schuhmann warf einen Blick hinein. Der Raum war karg möbliert. Lediglich ein Tisch und vier Stühle befanden sich darin. Durch ein Oberlicht fiel ein wenig Licht in den Raum. Die Wände waren grau und renovierungsbedürftig. In der Mitte des Raumes saß eine Frau, die den Kopf zur Tür drehte, als diese geöffnet wurde. In der Ecke saß ein Uniformierter und bewachte die Gefangene.

»Guten Tag, Herr Schuhmann«, sagte die Frau.

Schuhmann erwiderte den Gruß nicht und betrat den Raum gefolgt von Richter, der am Kopfende des Tisches Platz nahm und sich für die Protokollführung vorbereitete.

Schuhmann zog sich einen Stuhl gegenüber der Gefangenen heran und fragte: »Sie wissen scheinbar, wer ich bin. Leider weiß ich nicht, wer Sie sind.«

»Mein Name ist Erna Kremer.«

Erklärungen

Kommissar Schuhmann war konsterniert. Er benötigte etliche Sekunden, um das Gehörte zu verarbeiten. Dann schließlich sagte er: »Erna Kremer ist tot.«

Die Frau gegenüber lächelte wissend.

»Theoretisch, ja«, sagte sie dann. »Aber praktisch sitzt sie direkt vor Ihnen und gesteht die Morde an Eduard Schröder, Sigmund Freudecker, Klemens Aschenbach, Gisbert Held, Raimund Gerber, Gisela Reimann und Herbert Kremer. Außerdem gestehe ich den versuchten Mord an Erwin Hohnstätter. Leider ist es mir nicht gelungen, ihn zu töten, was ich sehr bedauere. Darüber hinaus bedauere ich meinen missglückten Selbstmordversuch, den Ihr werter Kollege hier verhindert hat.«

»Sie wollten gar nicht über die Schienen?«, fragte Schuhmann.

Erna Kremer schüttelte den Kopf.

»Ich wollte es beenden. Ich dachte, sie wären lange genug abgelenkt, damit das Feuer den letzten Despoten in die Hölle schickt.«

»Wie meinen Sie das?«

»Das will ich Ihnen gerne erklären. Ich werde nun reinen Tisch machen.«

Schuhmanns Blick fiel auf Richter, der vorsichtshalber die Tinte nachfüllte.

15 Tage zuvor

Greta wollte ihre Mutter unbedingt sehen. Sie war sich sicher, dass sie von all ihrem Leid nichts mitbekommen hatte. Anständigerweise hatte der Nachlassverwalter ihr eine beträchtliche Summe Bargeld ausgehändigt, damit sie zumindest eine Zeit lang existieren konnte, bis sie eine Möglichkeit gefunden hatte, ihren Lebensunterhalt zu finanzieren. Sie mietete sich in einer kleinen Pension ein und wartete ein paar Tage ab. Sie beobachtete den Kremerhof aus sicherer Entfernung, bis sie sicher sein konnte, dass ihr Vater den Hof verlassen hatte. Sie musste nicht lange warten. Am Morgen des dritten Tages sah sie, wie er sich mit einem vollbeladenen Wagen auf den Weg zum Markt machte. Somit konnte sie sichergehen, dass sie ein paar Stunden hatte.

Sie wartete, bis das Fuhrwerk außer Sichtweite war und betrat den Hof. Sie klopfte an der hölzernen Tür zum Wohnhaus und trat einen Schritt zurück. Wenige Augenblicke später stand ihre Mutter in der Tür.

Die Frau schlug die Hände vor den Mund und fing sofort an zu weinen.

»Mein Kind«, schluchzte sie. Sie trat aus dem Haus und schloss ihre totgeglaubte Tochter in die Arme. Greta umarmte sie und tätschelte ihr tröstend den Rücken. Nach ein paar Augenblicken hatte sie die Mutter soweit beruhigt, dass sie reden konnte.

»Lass dich ansehen«, sagte sie und hielt ihre Tochter auf Abstand, um sie zu betrachten. Sie musterte sie und sagte dann nicht ohne Stolz: »Wie eine feine Dame siehst du aus.«

Jetzt sah Greta das erste Mal das Gesicht ihrer Mutter im Licht. Sie sah fürchterlich aus. Ihr Gesicht war ramponiert.

»War er das?«, fragte Greta leise.

Erna nickte beschämt.

»War es wegen mir?«

Erna lächelte vielsagend und sagte dann hastig.

»Lass uns über etwas anderes reden.«

»Deshalb bin ich hier«, sagte Greta und führte ihre Mutter ins Haus.

Im Haus machte sich die Mutter daran, ihre Tochter zu bewirten. Sie tat so, als wäre sie nach einer Reise zu Besuch gekommen. Greta verspürte tiefes Mitleid. All die Jahre, die sie mit diesem Tyrann lebte, der sie demütigte und in ein Leben zwang, das sie nicht wollte. Er hatte ihr die Wahrheit über ihre Tochter verschwiegen, sie belogen, betrogen und geschlagen. Und sie stand nun in der Küche mit ihrer totgewähnten Tochter und tat so, als sei das alles normal.

Gerade als Erna ihrer Tochter eine Tasse Milch auf den Tisch stellte, öffnete sich die Tür und die beiden Söhne betraten das Haus.

»Mutter«, riefen sie aus dem Flur. »Wir haben Durst.«

»Kommt nur herein«, antwortete die Mutter und wartete in der Küche. Als die beiden in der Tür standen, erstarrten sie.

Kein Wort kam über ihre Lippen. Greta saß nur da und lächelte sie an. Sie wartete, bis ihre Brüder am Tisch saßen und sich einigermaßen an ihren Anblick gewöhnt hatten.

Dann fing sie an zu erzählen.

Schuhmann und Richter hörten Erna Kremer schweigend zu. Sie redete flüssig und wirkte dabei seltsam entrückt. Gerade so, als würde sie die Geschichte einer anderen erzählen. Das Leid, das ihre Tochter erlebt haben musste, war unfassbar. Es dauerte eine ganze Stunde, bis sie das erste Mal eine Pause machte und nach einem Glas Wasser fragte.

»Selbstverständlich«, sagte Schuhmann und schickte den Kollegen, der die Gefangene bewachen sollte, Getränke holen. Er wollte auf keinen Fall den Redefluss der Gefangenen unterbrechen.

»Wo ist Ihre Tochter jetzt?«, fragte er, um Erna Kremer wieder in die Erinnerung zu treiben.

Kremer hob den Kopf, den sie die ganze Zeit über gesenkt hatte und schaute den Kommissar mit traurigen Augen an.

»Sie ist tot. Diesmal wirklich.«

15 Tage zuvor

Greta erzählte ihre Geschichte emotionslos. Die Tränen ihrer Pein waren alle geweint. Sie spürte nichts mehr. Ihre Brüder und ihre Mutter saßen völlig entsetzt um Greta versammelt und trauten ihren Ohren nicht.

»Und ich habe all die Jahre nichts mitbekommen«, flüsterte Erna, als Greta geendet hatte. Tränen liefen ihr über das Gesicht. Sie zitterte am ganzen Leib.

»Ich bringe ihn um«, fügte sie an.

»Nein«, sagte Greta. »Das mache ich.«

»Wir tun es zusammen«, sagte Richard entschlossen und schaute seinen Bruder auffordernd an. Dieser zögerte.

»Und dann gehen wir alle ins Gefängnis, oder was?«, gab er zu bedenken. »Was soll das bringen?«

»Wir brauchen einen Plan.«

»Für was?«, hallte es von der Tür.

Die Köpfe flogen in die Richtung, aus der die dröhnende Stimme kam. Dort stand Herbert Kremer. Während Greta ihre Geschichte erzählt hatte, war die Zeit wie im Fluge vergangen. Niemand hatte darauf geachtet, dass Herbert bald wieder zurück sein könnte. Erna und Greta sprangen auf und wichen ängstlich zurück. Richard und Ludwig stellten sich schützend vor die Frauen.

»Du wirst sie nicht anfassen«, sagte Richard.

»Willst du mich dran hintern, Sohn?«, drohte Herbert und machte ein paar Schritte in den Raum.

»Du bist ein Schwein«, sagte er mit fester Stimme. »Was du ihr angetan hast, wird dich in die Hölle bringen.«

Der Vater lachte schäbig.

»Das glaube ich nicht. Das ist doch alles Kirchengeschwätz. Ich werde eines Tages tot sein und damit hat sich die Sache.«

Er kam wieder etwas näher.

»Warum hast du das getan?«, schrie Erna mit einem Mal. Sie war außer sich. Richard hielt sie zurück, als sie auf Herbert losgehen wollte. Der blieb weiterhin ungerührt.

»Weil sie mein Eigentum ist und sie keinen anderen Sinn hatte. Wie sonst hätte ich aus ihr Kapital schlagen sollen? Die Jungen konnten arbeiten, das Mädchen musste anders seinen Zweck erfüllen.«

»Das ist der Grund?«, fragte Ludwig.

»Was denn sonst?«, blaffte Herbert. Er fühlte sich unverstanden. »Meinst du, der schäbige Hof wirft genug ab, um alle eure Mäuler zu stopfen?« Er lachte humorlos. »Das ist leider nicht zu schaffen. Da mussten andere Einnahmequellen herbei. Und wenn man so eine hübsche Tochter hat, kann man sie doch ruhig an die Perversen des Dorfes vermieten.«

»Hast du die von Schülers getötet?«, schaltete sich Greta ein.

»Das war ein Unfall«, gab er zu. »Sie wollten die Miete für dich nicht mehr bezahlen, da habe ich den Kerl ein wenig geschubst. Konnte doch keiner wissen, dass der gleich die Treppe runterfällt. Und die Frau war völlig überdreht. Hat rumgebrüllt, sie hole die Polizei und ich werde gehängt. Da habe ich ihr eine oder zwei verpasst und die Ruhe war wieder hergestellt. Und damit es aussah, als wäre es ein Überfall habe ich ein paar Sachen mitgehen lassen. Ich musste ja auch ein wenig Abfindung für den Verdienstausfall haben, wenn sie nicht mehr für dich bezahlen.«

Greta starrte den Mann an. Er erzählte das, als wäre es das Normalste auf der Welt.

»Du bist ein Monster«, flüsterte sie und stürzte auf ihn. Ihre Brüder wollten sie zurückhalten, doch sie entkam. Mit beiden Fäusten schlug sie auf ihren Vater ein. Der lachte nur und wehrte die Schläge mit Leichtigkeit ab. Er ließ Greta ein paar Augenblicke auf sich einschlagen. Dann versetzte er ihr einen gewaltigen Hieb ins Gesicht. Sie wurde zur Seite geworfen, stürzte und schlug mit dem Kopf am Spülstein auf. Sie blieb regungslos liegen.

Ludwig und Richard stürzten zu ihrer Schwester. Blut lief aus der linken Schläfe der jungen Frau.

»Sie ist tot«, flüsterte Richard und sah seinen Vater an, der ohne sichtbare Regung in der Küche stand.

»Das gibt es doch nicht«, sagte Herbert Kremer genervt. »Sterben denn jetzt alle beim ersten Schlag?«

Von da an ging alles rasend schnell. Erna Kremer überkam der blanke Hass. All die Jahre der Demütigung und der Unterdrückung. Die Schläge, die sie von diesem Mann eingesteckt hatte, sowohl körperlich als auch seelisch, überkamen sie und verliehen ihr Kraft. Ehe auch nur einer der Männer im Raum reagieren konnte, hatte sie das steinerne Nudelholz gepackt, war mit zwei schnellen Schritten auf ihren unaufmerksamen Ehemann zugestürmt und zertrümmerte ihm den Schädel.

Die Rache

»Halten wir das fest«, sagte Schuhmann, als Erna Kremer einen Schluck Wasser nahm. »Ihr Ehegatte hat sowohl die von Schülers als auch Ihre Tochter erschlagen und Sie haben daraufhin Ihren Mann erschlagen.«

»Das ist korrekt. Aber das war in Raserei.«

»Und die anderen Morde?«, wollte Richter wissen.

»Die waren geplant.«

15 Tage zuvor

Zunächst waren alle drei in Schockstarre verfallen. Stille herrschte im Raum. Richard war der Erste, der seine Fassung zurückerhielt.

»Was machen wir denn jetzt?«, fragte er in die Runde.

»Wir verbrennen sie«, antwortet Erna erschreckend kühl. »Und nicht nur sie, das ganze Haus. Und auch die Schweine, die sich an meiner Tochter vergangen haben.«

Richard und Ludwig trauten ihren Ohren nicht. Zuerst schauten sie ihre Mutter ungläubig an und dann sich gegenseitig.

»Und ihr werdet mir aber zuerst dabei helfen zu sterben.«

»Was redest du da?«, wollte Ludwig wissen, der dachte, seine Mutter wäre dem Wahnsinn anheimgefallen. Aber sie war erstaunlich klar.

»Wir legen beide in unser Bett und zünden das Haus an. Es wird so aussehen, als ob uns das Feuer überrascht hat. Jeder wird denken, dass ich dort liege. Niemand weiß, dass Greta zurückgekehrt ist.«

»Und was ist mir dir?«, wollte Ludwig wissen.

»Ich werde in den Schutzbunker unter der Scheune gehen, den euer Großvater gebaut hat.«

»Was für ein Schutzbunker?«, wollte Richard wissen.

»Unter der Scheune ist ein Schutzbunker verborgen, der uns vor Stürmen, Aufständen und Kriegen schützen sollte. Euer Großvater hatte Visionen von schrecklichen Dingen.«

»Die uns jetzt zugutekommen«, fügte Ludwig an.

Ohne ein weiteres Wort legten sie die Leichen in das Ehebett, warteten die Nacht ab und zündeten das Haus an. Erna versteckte sich fortan in besagtem Bunker. Die Falltür war derart gut getarnt, dass sie jahrelang unentdeckt war und auch weiterhin blieb.

»Ich verstehe nun, Frau Kremer«, unterbrach Kommissar Schuhmann. »Sie sind also für all die Morde an den Peinigern ihrer Tochter und den Mordversuchen an Herrn Hohnstätter verantwortlich.«

»Das ist richtig. Sie haben alle bekommen, was sie verdient haben.«

»Aber warum das Feuer?«

»Als Symbol für das Fegefeuer, falls es keines gibt, wie mein Ehemann vermutet hat. Sie sollten leiden, wie meine Tochter gelitten hat. Ich hätte nach dem Metzger aufgehört. Danach wäre meine Mission erfüllt gewesen. Aber leider sind Sie mir immer nähergekommen und ich wurde unvorsichtig.«

»Sie meinen das Feuer, bei dem mein Freund verletzt wurde.«

»Ja, und es tut mir leid, dass der Mann Schaden davongetragen hat. Ich hoffe inständig, dass er wieder gesund wird. Können Sie ihm das bitte ausrichten?«

Schuhmann staunte, dass die Frau, die gerade eine eiskalte Mordserie gestanden hatte, auch Mitgefühl äußern konnte. Sie wirkte bis dahin völlig seelenlos.

»Er ist immer noch ohne Bewusstsein«, erklärte Schuhmann.

»Das tut mir sehr leid.«

Schuhmann schwieg eine Weile. Sie hatte ihn wieder an seinen Freund erinnert, der vermutlich im Sterben lag. Er wischte den Gedanken beiseite und konzentrierte sich wieder auf das Verhör. »Warum musste Gisela Reimann sterben?«

13 Tage zuvor

»Die Reimann hat Greta gesehen«, sagte Richard aufgeregt, als er seiner Mutter in ihrem Versteck Verpflegung brachte.

»Dieses neugierige Weib«, zischte Erna. »Was will sie?«

»Geld. Sie erpresst uns. Sagt, sie würde zur Polizei gehen und alles erzählen.«

»Das muss verhindert werden«, beschloss Erna.

»Und wie soll ich das machen? Sie will die Hälfte von dem Geld, das die Feuerversicherung zahlt. Und dabei wissen wir ja noch nicht einmal, ob sie überhaupt zahlt.«

»Sie muss sterben.«

Richard starrte seine Mutter an. Er erkannte sie nicht wieder. Sie war von einer eingeschüchterten, scheuen und unterwürfigen Ehefrau zu einem eiskalten Racheengel mutiert. Richard schauderte.

»Du lässt dich zum Schein auf das Geschäft mit ihr ein. Bestelle sie für morgen Abend unten an die Nidda. Dort, wo der Weg an der Brücke vorbeigeht. Ich kümmere mich dann um sie.«

»Mutter, du machst dich unglücklich.«

»Das bin ich bereits, mein Junge.«

»Also haben Sie der Frau Reimann an diesem Abend aufgelauert und sie erschlagen?«

»Sie hätte sonst alles gefährdet. Ich war besessen von der Rache für meine Tochter. Mein Leben war ohnehin verwirkt. Ich habe mein Leben an Herbert Kremer vergeudet, so wollte ich am Schluss wenigstens ein einziges Mal etwas Sinnvolles tun.«

»Sinnvoll?«, stieß Richter aus. »Der Mord an sieben Menschen soll sinnvoll sein?«

Erna Kremer blickte Richter mit eiskalten Augen an.

»Wenn Sie mein Leben gelebt hätten, junger Mann, würden Sie ähnlich denken.«

Richter hielt ihrem Blick nicht stand. Er senkte den Kopf und schrieb weiter das Protokoll.

»Ich gestehe alle mir zur Last gelegten Morde«, sagte Kremer mit monotoner Stimme. »Aber ich bestehe darauf, dass meine Söhne Richard und Ludwig bei keinem dieser Morde anwesend waren und mit der Sache nichts zu tun haben. Sie haben lediglich ihre Mutter beschützt, was man ihnen wohl kaum vorwerfen kann.«

»Das entscheidet der Richter.«

Epilog

Gerhard Schuhmann war auch einige Tage nach dem Verhör noch in einer Art Schockzustand. Das, was Erna Kremer getan hatte und die Art und Weise, wie sie es durchführte, beeindruckte ihn zutiefst. Auf der einen Seite war er entsetzt über die Kaltschnäuzigkeit der Mörderin aber irgendwie hatte er auch Verständnis für die Taten. So manch einer hätte ähnlich gehandelt.

Um sich ein wenig abzulenken, machte er sich auf den Weg ins Krankenhaus, um nach dem Türmer zu sehen. Er lag immer noch ohne Bewusstsein in seinem Bett. Beim Hinausgehen fiel sein Blick wieder auf den Brief des Arztes. Schuhmann fasste sich seufzend ein Herz und riss ihn auf. Er las ihn, stutzte und las ihn erneut.

Sehr geehrter Herr Kommissar Schuhmann,

leider war es uns nicht möglich, Sie persönlich zu erreichen. Da nun für mich ein längerer Auslandaufenthalt ansteht und ich der Meinung bin, dass Sie ein Recht auf schnelle Benachrichtigung in dieser Sache haben, schrieb ich Ihnen diese Zeilen.

Betreffend der positiven Probe bezüglich einer unheilbaren Krebserkrankung ist uns bedauerlicherweise ein Irrtum unterlaufen. Versehentlich wurden zwei Gewebeproben vertauscht. Aufgrund meines Fachwissens und meiner Aufmerksamkeit konnte dieser Irrtum aufgedeckt und repariert werden.

Deshalb freue ich mich, Ihnen mitteilen zu können, dass Ihre Probe ohne Befund ist. Eine ernsthafte Erkrankung ist in Ihrer Probe nicht ermittelbar.

Ich bedauere, wenn Sie durch die ursprünglich falsche Zuordnung Unannehmlichkeiten hatten und gebe Ihnen den Rat, das positive Ergebnis als Grund zur Freude zu nehmen.

Ich erlaube mir, Ihnen mit gleichem Schreiben meine Rechnung zu übermitteln, mit der Bitte um baldige Begleichung.

Herzlichst

Ihr

Dr. med. Daniel Wagner
(nach Diktat verreist)

»Gottverdammter Quacksalber«, sagte Schuhmann kopfschüttelnd. Ein Stein fiel ihm aber dennoch vom Herzen. Er nahm sich vor, den Arzt unbedingt zu wechseln und schnappte sich, ein Lied auf den Lippen, seinen Gehrock, um seinen Freund im Krankenhaus zu besuchen.

»Guten Tag, Klara«, sagte er, als er das Krankenzimmer betrat, in dem die Frau des Türmers neben dessen Bett wachte. Sie sah müde aus.

»Ich grüße dich, Gerd«, erwiderte sie und stand auf, um ihn zu umarmen.

»Wie geht es ihm?«, wollte Schuhmann wissen. Er rückte den Stuhl für Klara zurecht und holte sich ebenfalls eine Sitzgelegenheit herbei.

»Unverändert«, sagte sie tonlos. »Ihr habt den Mörder geschnappt, habe ich gehört.«

»Ja«, bestätigte Schuhmann. »Die Zeitungen geben ihr den Namen *Feuerteufel von Eschersheim*.« Er schüttelte abfällig den Kopf. »Dass die alles dramatisieren müssen. Sie war nur eine Mutter, die zu viel hatte aushalten müssen.«

»Nimmst du sie etwa in Schutz?«, fuhr Klara auf.

»Natürlich nicht«, beeilte er sich zu sagen. »Aber ich habe Verständnis.«

Klara dachte kurz darüber nach. Dann stimmte sie zu.

»Wahrscheinlich hätte ich ähnlich reagiert. Diese Männer haben das Leben der Tochter zerstört und das der ganzen Familie gleich dazu. Verdient haben sie es.«

»Jetzt überraschst du mich aber«, sagte Schuhmann. »Wir sind hier nicht in irgendeinem wilden Land, Klara. Hier ist die Justiz für Bestrafung zuständig und nicht jeder selbst. Wo kämen wir denn hin, wenn jeder Blutrache nehmen würde?«

»Du hast ja Recht, Gerd«, gab Klara zu. »Und das ist auch gut so. Aber manchmal …«

Schuhmann lächelte gütig.

»Was wird mit ihr passieren?«

»Gar nichts.«

»Wie bitte?«

»Sie hat sich in ihrer Zelle heute Morgen das Leben genommen.«

Klara wirkte entsetzt. Sie schlug die Hand vor den Mund und sagte: »Oh mein Gott.«

Schuhmann zuckte mit den Schultern. »Das war von Anfang an ihr Plan. Sie hätte sich so oder so das Leben genommen. So stand es in ihrem Abschiedsbrief.«

»Ist das Feuer aus?«

Gerd und Klara zuckten zusammen.

Im Bett lag der Türmer mit geöffneten Augen und fragte erneut: »Ist das Feuer aus?«

ENDE

Weiter Bücher von Meddi Müller im Charles Verlag

"Glanzgold"
"Im Schatten der Schwester"
"Der falsche Fürst"